「ひゃっ!? もう、ラニ……!」
「生意気なクリスにはお仕置きでーす♪」
イングリス
(クリス)
Inglis
遥か未来で美少女に転生した元英雄王。
現在は食費を稼ぐべく
劇団でバイト中。
ラフィニア
(ラニ)
Rafinha

舞台女優のバイトで
可憐な踊り子に大変身！
華麗なる舞の披露で
観客は釘付けに——

「で――何してるの？」
ユア
Yua
従騎士科に所属する
無気力で無印者な三年生。
美少年に釣られて、
舞台に出演することとなる。
「――一応助けようと……あははは――」
イアン
Ian
イングリスたちがバイトを始めた
劇団に所属する少年。
北国アルカード出身で、
ラティたちと面識がある。

英雄王、武を極めるため転生す
～そして、世界最強の
見習い騎士♀～ 4

ハヤケン

HJ文庫
905

口絵・本文イラスト　Ｎａｇｕ

Eiyu-oh,
Bu wo Kiwameru tame
Tensei su.
Soshite, Sekai Saikyou no
Minarai Kisi "♀".

CONTENTS

第1章 ◆ 15歳のイングリス　ふたりの主演女優　その1

天恵武姫(ハイラル・メナス)のリップルの身に起きた異変は、イングリス達(たち)の手によって無事解決した。

リップルは皆(みな)に深く礼を述べて、隣国(りんごく)ヴェネフィクとの国境付近の戦線へと戻(もど)って行った。

しかし、その代償(だいしょう)として騎士(きし)アカデミーの校舎が崩壊(ほうかい)。

校舎内にあった食堂も同じくで、食べ放題を封印(ふういん)されたイングリスとラフィニアにとっては、危機的状況(じょうきょう)が訪(おとず)れていた。

毎日空腹を抱(かか)えながら、一刻も早い食堂の再開を願い、校舎復旧の土木作業を手伝う日々。

復旧を早めるため、早く動きたいけれど、動けば動くほどお腹(なか)は空(す)く。

ぐきゅ～！

「わっ……!?　どなたのお腹の音ですの？　はしたないですわよ」

と、工具を抱えて前を歩いていたリーゼロッテが、吃驚して振り向く。

「「……」」

イングリスはラフィニアを、ラフィニアはイングリスを指差した。

「嘘よ！　クリスよ――！」

「いや、ラニが……！」

「人のせいにしなーいっ！　左右両方から聞こえたわよ？」

と、二人の間を歩いていたレオーネが暴露する。

「「ちっ……」」

「……二人とも、あまりにお腹が空いて、やさぐれてきたわね――」

レオーネが苦笑する。

「そんなにお腹が空くものですの？　わたくしたちと同じだけは食べているでしょうに……」

一応、校舎の復旧作業を手伝うとお弁当が貰えるのだ。

「「全然足りない！」」

「ま、まぁ、ちょうどいいダイエットだと思えば……？　ほら、こっちが少し減れば、肩もあまり凝らなくなるかも……」

と、リンちゃんが谷間に潜り込んでくつろいでいる自らの胸元を指差す。

今日はレオーネのところがお気に入りらしい。

「うーん……まあ、それは言えなくもないけど――」

レオーネの話は、イングリスには頷けるものだが――

「言えないわよ！　あたしには減るものなんてないのに……！」

「ま、まあラフィニアはね――スレンダーだから……それはそれで羨ましいのよ？」

「じゃあ替わって欲しいわ。絶対、クリスやレオーネみたいに大きいほうがいいもん！

こういう時落とすものが無いから、先に干乾びて死ぬんだから……！」

「あはは……どれだけ食べても太らないわよね、ラフィニアは」

「……というわけで、あたしの方が生命維持に危機的状況だから、クリスのお弁当をちょっと分けてよね！」

「ええっ……!?　それぱっかりはいくらラニの頼みでも――」

「いいじゃない、ここにこんなに栄養蓄えてるでしょ！」

「ひゃあっ!?　や、やめてラニ……！　大きい木運んでるんだから……！」

「あら？　なんかまたちょっと大きくなった気がするわ。食べてないのになんで育つのよっ！　このこのこのっ！」

「やっ……だ、ダメだって……！　わかったから、後でまたボルト湖に魚を取りに行こう？　それをちょっと多めにあげるから！」

「えー、でも地元の漁師さんから苦情来たんでしょ？　俺達の生活を脅かすなって」

「夜中にこっそり行けば、ばれないよ。たぶん……」

「そ、それって密漁よね――」

「そこまでしなければ、生きられないものなのでしょうか……」

レオーネとリーゼロッテが苦笑する。

と、そこに――

「イングリスさーん！　ラフィニアさーん！」

ミリエラ校長が、二人の名を呼びながら駆けつけて来た。

「校長先生？」

「どうかしました？」

「ついさっき、お城から使者が来たんです！　国王陛下がイングリスさんとラフィニアさんをお召しだとの事で……！」

「国王陛下からの出頭命令……!?」

「お城に……!?」

「ええ。すみませんが、すぐに王城に向かって下さい」

「おぉぉぉ……！　やったわね、クリス！」

「そうだね、ラニ！　天の助けだね……！」

イングリスもラフィニアも、ミリエラ校長の知らせを聞き、目をキラキラと輝かせた。

つまり――

お城――呼び出し――この間の助けたお礼――ごちそう！

そう、ごちそう！　だ。二人共のその可能性に希望を見出し、飛びついたのである。

「わー！　楽しみ～♪　この間、お城の料理すっごく美味しかったもんね！」

「うん、そうだね！　じゃあさっそく行こうよ」

「じゃあ馬車を呼びますからねえ。お二人は支度をしていて下さい」

「はい、校長先生」

とイングリスは頷くが――

「いいえ、それじゃ遅いわ！　せっかくの料理が冷めちゃう！　ねえクリス、あれで行きましょ！」

「あれ？」

「うん、あれ！　空飛んでぴゅーっと行けば、馬車より早いわよ！」

「ああ、あれか――うーん……いいのかなあ……」

「いいですよね、校長先生！　あたしたちの星のお姫様号（スター・プリンセス）で行っても！」

それは、イングリス達の私物の機甲鳥（フライギア）である。

先日の王城上空の戦闘（せんとう）で、イングリス達は天上領（ハイランド）側の部隊の機甲鳥（フライギア）を拿捕（だほ）していたのだ。

それを使って王城から騎士アカデミーに駆けつけたのだが――

事が終わった後も無事に残った機甲鳥（フライギア）は、イングリス達の私物として所持することが許されたのだった。

天上領（ハイランド）側の機甲鳥（フライギア）はこちら側のものよりも高性能で、それはいいのだが――

「あぁ、あれですね。いいんじゃないですか？　女の子らしくて可愛（かわい）いですよね」

「ありがとうございます、じゃあ取って来ます！　待ってて、クリス！」

「う、うん……」

そして程無（ほどな）く――

イングリス達の頭上に、ラフィニアの操（あやつ）る機甲鳥（フライギア）が現れる。

それは、全体を鮮（あざ）やか過ぎるピンクに塗装（とそう）されていた。

さらに船体正面に非常に目立つように、キラキラと星が散るような乙女（おとめ）チックな目が描（えが）かれている。

全体にも同じようなキラキラした装飾が描かれている。

ラフィニアが自分達のものだから可愛くする！　と極めて趣味的に塗装した結果だ。

騎士科の同級生のプラムもそれを手伝っていた。

「ほら、行くわよクリス！　乗って乗って！」

「う、うん……」

この機甲鳥の中身は高性能で、イングリス自身も手を加えたりして、改修したのだが――

あまりに乙女趣味的な見た目にされると、ちょっと乗るのが憚られる。

精神的には男性なので、こういったものは落ち着いた色合いで、格好いい方がいい。

何なら黒一色で統一してもいいくらいだ。

しかしラフィニアがそうすると言うなら、イングリスには逆らえない。

自分にとって孫娘のようなラフィニアが、おもちゃの色はピンクがいいと決めたわけである。

それに逆らう事のできる祖父がいるはずが無いのだ。

「よぉおし、行くわよ！　ごちそう目指して、飛べーーっ！」

「……じゃあ、行ってきます」

ラフィニアの操る星のお姫様号(スター・プリンセス)は、茜色(あかねいろ)の空へと飛び立って行った。

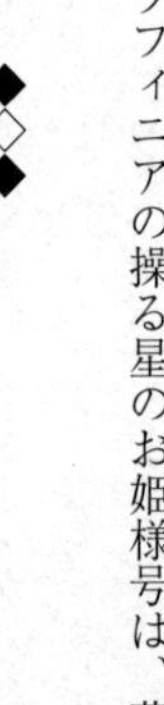

騎士アカデミーの敷地(しきち)から真っすぐに王城へと向かうと、人出の多い大通りの上を飛んで行く事になる。

必然、星のお姫様号(スター・プリンセス)の姿は、そこにいる人達の目に触(ふ)れる事になる。

「あっ！　騎士様だ！　おーい！」

「わーいっ！」

大人はいちいち騒(さわ)いだりしないが、子供達は喜んで手を振って来る。

正確にはイングリス達は騎士ではなくアカデミーの学生なのだが、子供達にはそこまで分からない。

機甲鳥(フライギア)で飛んでいれば、そう見えるのである。

「はいはーい。こんにちは～♪」

愛想(あいそ)のいいラフィニアは、機甲鳥(フライギア)の速度を落として滞空(たいくう)し、子供達に手を振ってあげている。

これからごちそうにありつける予定でもあるし、すこぶる上機嫌だ。

憧れの騎士様が足を止めて手を振ってくれるので、子供達はますます喜んで手を振っている。

「あははっ。子供って可愛いわよね～。ねえ、クリス？」

「そうだね。ラニが小さかった頃のこと、思い出すね。ラニも可愛かったよ？」

「いや、その時はクリスも子供だったじゃない。まあ、いいけど……あたしも早く子供欲しいな～」

「それはダメ。ラニには早過ぎるから」

「でも、クリスも子供好きでしょ？　お母さんが若いほうが子供は喜ぶんじゃない？」

「い、いや……！　わたしは自分の子供はいらない……！」

想像しただけで、恐ろしい。

と言うよりも、そもそも想像すらしたくない事である。背筋が寒くなる。

「戦えなくなるから？」

「そ、そうだね。そういう事――！」

本当はそれ以前のもっと根源的な、生理的な問題なのだが――

そういう事にしておいてもらおう。

「よく見るとあの騎士様が乗ってるやつ、何かすっげえダサくねえ？」

「うわぁ……ほんとだ、なんだあの色とかキラキラとか――」

と、星のお姫様号（スター・プリンセス）を目の当（ま）たりにした子供達の感想が飛んで来た。

「えええええっ⁉」

ラフィニアは驚（おどろ）いているが――

イングリスとしては、ラフィニアの気を逸（そ）らしてくれた上に事実を指摘（してき）してくれた男の子に、拍手（はくしゅ）をしたい気分だ。ありがたい。

「そ、そんな――あたしとプラムの自信作が……！」

「ちょっと派手過ぎるって事なんじゃない？　色を元に戻せば――」

と――

「そんな事ないよ！　私はすっごく可愛いと思う！」

子供達の中にいた女の子が、鼻息を荒（あら）くして星のお姫様号（スター・プリンセス）を擁護（ようご）する。

「そ、そうよね……！　ほーら男の子たち！　これは女の子用なの！　女の子のロマンが詰（つ）まってるんだから！　女のロマンは男には理解できないわ！」

ラフィニアが元気を取り戻してしまった。

「ねぇクリス？　そうよね⁉」

「え、ええと――でもまあ、男の子達の言う事にも一理あるかもしれないし……こういう時は万人受けの折衷案を採用するのもいいかも知れないよ？」

「却下！　ねえねえあなた。お名前は？」

と、庇ってくれた女の子に話しかける。

「あ、アリーナです……！」

「そっか、アリーナちゃん。褒めてくれてありがと！　今度この可愛い機甲鳥に乗せてあげるねー？」

「ほ、本当!?」

「うん！　今日はこれから用事があるんだけど、また今度見かけたら声掛けてね！」

「うん分かった！　約束だよ！」

「オッケー約束！　じゃあまたね～！」

ニコニコと手を振って、ラフィニアは星のお姫様号を出発させた。

「うーん、いい子だったわね～」

「…………」

これで少なくとも、あの子を星のお姫様号に乗せてあげる約束を果たすまで、ラフィニアは船体を塗り替えたりはしないだろう。

　早く約束を果たさせるためにも、あの子の顔はしっかり覚えておかなくては。

「どうしたのよ、クリス？　安請け合いだって言いたいの？」

「いや、そんな事ないよ。後でちゃんと捜せるように、しっかり顔を覚えておいただけだよ」

　むしろラフィニアが住民と気さくに接しているのは、好ましい事ではある。

　騎士としても侯爵令嬢としても、ごく自然に民の中に入り込んで行けるのはよい事だ。

　そこに信頼関係が生まれ、いつかラフィニアの身を助けるだろう。

　これもラフィニアの才能の一つ――とまで言うのは、欲目が過ぎるのかも知れないが。

「お。助かるー。クリス、人の顔覚えるの得意だもんね」

「そうだね。人生経験上ね」

　前世の王の経験として、人の顔を覚えるのは重要であり、自然と鍛えられたのだ。

　些細なやり取りでも、一番上の王がその事を記憶して後で触れると、皆喜んでくれる。

　そのちょっとした喜びが積み重なる事により、忠誠が培われていく。

　王たる者、一度会った人間の顔は全て覚えておくべし、だ。

　少なくとも前世のイングリス王はそう考えて、可能な限り実行していた。

「強い奴の顔をしっかり覚えて、後で喧嘩を売るため……？」

「手合わせをお願いする、だよ」

まあ、そういう事にしておこう。

「一緒（いっしょ）じゃない！」

「違（ちが）うよ。無理やりじゃなくてお願いするんだから」

と、やり取りしながら、星のお姫様号（スター・プリンセス）は王城付近に到達（とうたつ）。

「止まれ！　これより先は王城上空の警戒（けいかい）区域だ。君達は騎士アカデミーの生徒だな？　王城に何か用なのか」

警備に当たっていた機甲鳥（フライギア）に乗る騎士（きし）に、呼び止められた。

「騎士アカデミーのラフィニア・ビルフォードと、イングリス・ユークスです！　カーリアス国王陛下がお召しだって聞いて、参上しました！」

と、ラフィニアが騎士に応じる。

「おぉ君達がか！　話は通っている！　さぁ、では機甲鳥（フライギア）を中庭に降ろすといい。誘導（ゆうどう）しよう」

「はい、分かりました」

騎士に誘導して貰い、星のお姫様号（スター・プリンセス）を中庭に停（と）めていると――

「やあお二人とも！　よくぞお出で下さいました！」

近衛騎士団長のレダスが勢いよく走って来て、深々とお辞儀をしてみせるのだった。

何だか以前と様子が違う。

別に尊大な人物というわけではないが、騎士団長というかなりの立場の人物だ。

弟のシルヴァの事に関しては恥も外聞も無い過保護だが、イングリス達にはそれなりの威厳を持って接していたはず。

それが、異様な低姿勢なのである。

「レダスさん……？」

「ど、どうも……」

イングリスとラフィニアは、少々戸惑って、顔を見合わせた。

そして、イングリス達を出迎えたのはレダスだけではなく――

「「いらっしゃいませ！　お待ちしておりました！」」

レダスの配下の近衛騎士達だ。

わらわらと大量にやって来て、深々とイングリス達にお辞儀をするのだった。

「な、何……!?　何か変じゃない……？」

「そ、そうだね――」

単なる出迎えにしては、数が多過ぎる。

イングリスとラフィニアをぐるりと取り囲む程の人数である。

「ささ、お二人ともこちらへ。王がお待ちでございますぞ」

と、レダス自らが先導をしてくれるらしい。

王を助けた功績があるとはいえ、そこまでしてもらえる程なのだろうか……？

一体何が――と思いながら、レダスの背中を追って進む。

騎士達も三人をぐるりと取り囲んで、付いてくる。

警護、という事なのだろうか。

「……な、何だか物々しいわね、クリス――」

「うんラニ……一応、気を付けておいた方がいいかも……」

「え？　どういう事……？」

「どこか罠のある所に誘導して、一斉に襲い掛かってくるとか……？」

と、イングリス達は小声で囁き合う。

たかだか騎士アカデミーの学生に、ここまで厳重な警護を付けるのは異常だ。

まるで一国のお姫様であるとか、最高位の重鎮であるとか、そんな様相である。

「ええっ……!?　あたし達何も悪いことしてな――いとも言い切れないかも……？　前はめちゃくちゃ暴れたもんね、クリスが……」

「わたしのせい……？」

「そりゃあ、天上領(ハイランド)の使者に喧嘩は売るわ、蹴(け)り飛ばすわだし……それに国王陛下の落ちた腕(うで)を傷口にぐりぐりしたりとか、色々やったじゃない？」

「あー……」

「しかもあのイーベルって子、最終的に討死(うちじ)にしたじゃない？　やったのはクリスじゃないけど……」

「わたしにも責任がある……かな」

「かもね……？　あれで大きなダメージを受けていたせいで――って」

最終的に天上領(ハイランド)の使者、大戦将(アークロード)のイーベルを討(う)ち取ったのは、イングリスではなく血鉄(けってつ)鎖(さ)旅団の首領、黒仮面だ。

　しかし、その前にイングリスがイーベルに大きな打撃(だげき)を与(あた)えていたのも事実。

　イーベル戦死の片棒を担(かつ)いだといえば、そうかも知れない。

「ま、まあ――そう言おうと思えば、言えるかな……？」

　イーベルは天上領(ハイランド)の二大派閥の一つ、教主連合派らしい。

　そちらはこの国と和解するつもりなどない、との事だったが――

　例えばイーベルが亡(な)くなって方針が変わり、和解する代わりにイーベルの件の責任者を差し出せ、というような話になったとしたら――

行方（ゆくえ）の分からない黒仮面よりも、全てをイングリスのせいにして差し出してしまう方が早い。

カーリアス国王は天上領（ハイランド）に対しては、どんな横暴も受け入れそうな平身低頭ぶりなので、有り得ない話ではないかも知れない。

「それならそれで、ちょっと楽しみではあるけどね……？　ふふふっ――」

イングリスの見た所、カーリアス国王は決して無能ではない。

だからこそ、いくら近衛騎士団の精鋭（せいえい）とはいえ、このくらいの数でイングリスを捕（と）らえられるとは思わないだろう。

つまり、何かしらの切り札が用意されていると判断できる。

それを見てみたくはある。

ただ、そうなるとごちそうにはありつけないだろうが――

「ちょ、ちょっとやめてよね……！　そうなったらあたし達反逆者になっちゃうわよ……！」

「かもね。でも大丈夫（だいじょうぶ）だよ、ラニは無関係だってちゃんと言うから」

「そんなのダメよ……！　あたし達家族じゃない――！　本当の姉妹みたいなもの――っ

ていうか将来的にそうなる予定だし……」

「いや、わたしはそういうつもりはないけど……」

イングリスとラフィニアが本当の姉妹になるにはつまり、イングリスがラファエルと――

流石にそれだけは勘弁して頂きたい。

「とにかく、あたし達はずっと一緒なのが自然でしょ？　クリス一人だけなんてダメだから――」

少々不安になったのか、ラフィニアはイングリスの服の袖をきゅっと掴んだ。

そんな様子が可愛らしくて、イングリスは目を細める。

「うん、分かってるよ。大丈夫だから」

と、声を最小にした相談を終えると――

ふと鼻先に、物凄くいい匂いが漂って来る。

先日王城にはメイドとして潜入したので、内部構造はある程度把握できている。

ここは厨房の近くだ。

つまり――ごちそうが用意されている……⁉

「あ……！　うわぁ、すっごいいい匂いがする！」

ラフィニアが思わず声を上げていた。

「ええ、宴の準備は整っておりますぞ！　まずは王の話をお聞きになって下さい、その後は盛大なお祝いをいたしましょう！」

「ですが、何のお祝いなのですか？」

そうイングリスは尋ねる。

先日の事件では、結果的にカーリアス国王が目指していた教主連合側との和解はできず、また血鉄鎖旅団との交戦によりそれなりの被害も出ている。

イングリスにとってはいい戦い、いい修業で満足だったが、国として喜ばしい事は何もないはずだ。

先日の働きを労うために、会食してお褒めの言葉を頂く――くらいは有り得てもいいが、盛大なお祝いと言われると違和感がある。

いったい何があるのだろう？

「まだ言えませんが、すぐにお分かりになりますよ。お楽しみにしていて下さい」

「ねえねえクリス、何も心配する事なかったんじゃない？」

「そうかも――？」

レダスの表情は非常に嬉しそうであり、嘘を言っているようにも見えなかった。

それに、罠に嵌(は)めるつもりなら、わざわざ宴の料理まで用意させなくてもいいだろう。

しかし何故(なぜ)、祝いの宴が用意されているのかは全く不明なままだ。

だがそんな事よりも——今はごちそうが現実的になってきたという事実が重要だ。

正直、喜びを禁じ得ない。

「や、やったわ……！　ほんとに嬉しい——！」

「うんラニ、わたしもだよ——」

「ささ、ここが謁見(えっけん)の間でございます。参りましょう」

「「はいっ！」」

イングリスとラフィニアは期待に胸を躍(おど)らせながら、カーリアス国王の待つ謁見の間へと足を踏(ふ)み入れた。

謁見の間には既(すで)に結構な数の人がおり、中に入るとイングリス達は一斉に注目を浴びた。

「おお——いらっしゃったぞ……！」

「相変わらず、お美しい……！」

「ほほう……あの少女が噂(うわさ)の——これは確かに……だが——」

などと、その場の皆の声が聞こえてくる。

服装からして、レダス配下の近衛騎士団の者が多いが、それ以外の者もいる。

立派な身なりからして、カーリアス国王に近い貴族達だろうか？

「おめでとうございます！」

誰かがそう声を上げると——

「「おめでとうございます！」」

「「一生付いて行きます！」」

などと歓声が沸いて、拍手が起こった。

「「……？」」

イングリスもラフィニアも、事情が呑み込めないので首を捻るしかできない。

いったい何がそんなにおめでたいのだろう。

「待て待て、皆。気が早いぞ、ご本人はまだ何も知らされておらんのだ」

と、レダスが苦笑しながら周囲に呼び掛けていた。

「さ、どうぞ王の面前へ」

レダスは丁寧な仕草でイングリス達に道を空け、その場に控えた。

まるで部下や臣下が、目上の者に礼を尽くすかのような態度である。

いくら何でも不自然なまでのへりくだりようだった。

「は、はい——」

少々戸惑いながら、イングリスとラフィニアは玉座のカーリアス国王の前へと進み出た。

イングリスは片膝をつき、深々と礼をした。

「イングリス・ユークス、ラフィニア・ビルフォードの両名、お召しにより参上しました」

「うむ。よく来てくれたな――なるほど。前は城のメイドだったが、今日は騎士アカデミーの学生……それはそれで、美しい花よな？」

「――ありがとうございます」

しかし、イングリスにとっては花より団子。

お褒めの言葉などより、ごちそうが欲しいのだ。

お腹が鳴ってしまうのを抑えるのにも限界がある。

流石にこの状況で鳴ってしまうと恥ずかしい。とにかく早くごちそうが必要である。

「あの現場に居合わせた者も多かろうが、初対面の者もおろう？　彼女らこそが、先日の事件で我を救ってくれた者達だ！　その節は世話になったな――この通り、礼を言わせて貰おう」

カーリアス国王のほうから、こちらに頭を下げて来た。

前からそういう印象はあったが、見栄や外聞には全く拘らない人物だ。

だからこんなにもあっさりと、王自ら騎士アカデミーの一学生に過ぎないこちらに、頭を下げることができる。

振り返ると、ウェイン王子にもそのような傾向はあるように思う。

政治的には対立しているようだが、人間性には似た所がありそうだ。


ぱちぱちぱちぱちぱち！


再び起こる拍手。

「素晴らしいご活躍でした！」

「我らに成り代わって王をお救い頂き、ありがとうございます！」

「あの光景は、一生忘れません！」

絶賛、そして絶賛である。

「ふふっ。こんなに褒められると、さすがにちょっと気分がいいわね～」

ラフィニアがこっそり話しかけてくる。

彼女が嬉しそうなのは結構な事だが――

「でもそれより、早くごちそうが欲しいよ……早くしないとお腹が鳴っちゃう……！」

「う……あ、あたしも――さすがに王様の前では、はしたないから我慢しなきゃ……！」

今は百の絶賛の言葉よりも、一切れのお肉のほうが重要だ。

早く、早くして欲しい——

「特にイングリスよ——」

「はい」

「そなたは天上領(ハイランド)の大戦将(アークロード)を単騎(たんき)で制し、攻め寄(せ)せて来た血鉄鎖旅団をも撃退(げきたい)してみせた。その戦いぶりは、そなたのような可憐(かれん)な少女には見合わぬが、まさに鬼神(きじん)の如(ごと)しと言わざるを得まい……！」

「光栄です……」

イングリスは短く礼を述べる。

正直、カーリアス国王の言葉は聞き流し気味だ。

お腹が鳴らないように神経を集中しているから、である。

そして待ち望んでいる。「さあ宴だ、料理を持ってこい」の一言を。

「うむ。そしてあの時も今も、イーベルや我の前に出ても微塵(みじん)の動揺(どうよう)も感じさせぬ冷静沈(ちん)着(ちゃく)さよ」

そこは、そうでもない。

ここでお腹が鳴るとさすがに恥ずかしいので、少しはらはらしている。

そしてわくわくもしている。言わずもがな、お城の豪華なごちそうに。

総合的に、そこまで冷静でもない。少なくとも今は――

「まだ少女だが、確かな戦略眼と弁舌を持ち、頭脳の面でも非凡なものがあるとレダスも申しておる」

「……はい」

「そこで――だ。そなたの功績に、我は最大限の誠意で以て応じる事に致した」

来た――！

さぁ宴が始まる。ごちそうだ。嬉しい。頬が緩んできそうだ。

「イングリス・ユークスよ。我は宣言する――これより、そなたを近衛騎士団長の役に任じよう……！」

「……!?」

「ええええぇぇぇぇぇっ!?」

イングリスは目を見開いただけで済んだが、ラフィニアは吃驚して声を上げていた。

「「おめでとうございます！」」

皆カーリアス国王が、この宣言をする事を知っていたのだろう。

だから先ほど、少々先走ってお祝いの言葉が投げ掛けられたのだ。

ぱちぱちぱちぱちぱちっ！

謁見の間に響き渡る拍手の音、祝福の声――

「――いや、それよりわたしのごちそう……」

ぎゅ～！

とうとう我慢できず、お腹が鳴ってしまったではないか。

盛大な拍手と祝いの言葉にかき消されて、何とか事なきを得たが――

「ク、クリスを近衛騎士団の騎士団長に……そ、そんな馬鹿な事――」

あまりにも予想外の宣言に、ラフィニアは目を白黒させている。

その言葉が耳に入ったか、カーリアス国王はにやりとする。

「そう思われるのも無理はないかも知れぬな――確かに異例の抜擢ではあろう。しかし我は我の目を信じておる。イングリスは聖騎士や天恵武姫に匹敵する器だ。それを引き立てぬ理由がどこにある？　王たる者、人を正しく評価しそれに見合った処遇を与える必要があろう」

正直言って、騎士団長を務めようと思えばできるだろう。

前世ではこの国よりも遥かに大きな大国を率いていた身。一騎士団の統率は容易だ。

そういう意味で、カーリアス国王の認識は正しい。

正しくイングリスの能力を評価している。

だが、同時に間違ってもいる。

能力の評価は正しいが、人間性の評価が間違っている。

そこは、ラフィニアの認識が正しい。確かに馬鹿な事だ。

「で、でも一番の問題はクリスがクリスだからなんですけど……い、いや――それよりレダスさんは騎士団長じゃなくなるのに、それでいいんですか……!?」

と、ラフィニアはある種救いを求めるように、レダスの方を見る。

イングリスが近衛騎士団長にもしなったとしたら、現在の騎士団長であるレダスはその立場を失う。

きっと心中穏やかではないはず――

「一向に構わんッ！　むしろ是非ともお願い致したく！　私は副団長に降格し、新たなる騎士団長に誠心誠意お仕えする所存でありますッ！」

しかしレダスは一片（いっぺん）の迷いもなく、きっぱりと断言するのだった。

「えええええっ!?　ど、どうしてそこまで……!?」

「イングリス君――いや、イングリス団長が天上人（ハイランダー）のイーベルと対峙（たいじ）し、城の遥か彼方（かなた）まで蹴り飛ばしたあの瞬間（しゅんかん）……恐ろしいほどの快感を覚えたのだよ。皆もそうだろう!?」

と、部下の騎士たちに呼び掛ける。

「「はい！　その通りです！」」

「「信じられないくらい、スカッとしました！」」

イーベルの態度はカーリアス国王にすら一かけらの敬意も無く、土足で尊厳を踏みにじるようなものだった。

それを間近で見させられていたレダスや騎士達の鬱屈（うっくつ）した気持ちを、イングリスの一撃（いちげき）が文字通り一蹴（いっしゅう）したようだった。

「我々は従来、天上領（ハイランド）に対し、頭を下げる事しか出来ん。どんなに無法を働かれようとも、耐（た）え忍（しの）ぶのが道だ。天上領（ハイランド）から下賜（かし）される魔印武具（アーティファクト）が無ければ、魔石獣（ませきじゅう）から身を守る事すら出来んのだから……聖騎士や天恵武姫（ハイラル・メナス）も、結局は天上領（ハイランド）由来のもの。やはり天上領（ハイランド）に従属せねばならぬ事に変わりはない――だが、イングリス団長は魔印（ルーン）も無く魔印武具（アーティファクト）も使わず、最高級の天上人（ハイランダー）を退けた。それまでの常識や閉塞感（へいそくかん）ごと、破壊（はかい）してみせたのだ！　あの時の美しく、そして力強いお姿が、鮮烈に目に焼き付いて、私の頭の中から離れんのだ……！　イングリス団長……！　どうか私達をお導き下さいッ！」

「「お願いいたします！」」

「「イングリス団長っ！」」

レダス以下近衛騎士団の面々は、何かすっかり盛り上がってしまっているようだ。

キラキラと希望に満ち溢れた眼差しが、一斉にイングリスへと注がれる。

「そういうわけだ、イングリスよ。何も不安はない。近衛騎士団はそなたにすっかり魅せられたのだ。そなたこそ天恵武姫をも超える、真にこの国を護る女神であるとな……この者達をよろしく頼むぞ」

カーリアス国王は、ぽんとイングリスの肩に手を置く。

それにイングリスが返答を返す前に――

「し、しかし国王陛下……！　わ、私は納得できませぬ――！」

盛り上がった雰囲気を切り裂くかのように割って入ったのは、騎士の鎧ではなく文官姿の小太りの男性だった。

「か、彼女は無印者ではないですか……！　それを近衛騎士団長などという最上級の要職に就けては、他への示しがつきませぬ！　前例がありませぬ……！　これまでの我が国の騎士の伝統が、破壊されてしまいます！」

「愚か者……！　このイングリスを前にして、そのような細事に囚われておる場合か――！　彼女があまりに秀で過ぎているため、魔印など必要とせぬだけだ！　彼女は世界の常識に囚われぬ新たなる存在……未知なる存在を認めず、変化する事を嫌い続けておれば、この地上で生き残る事などできぬぞ……！」

「国王陛下の仰る通りだ……！　我等近衛騎士団の者共が認めておるのだ、何の問題も無い！」

「……その通りです！」

と、事態を黙って見守っていたイングリスは、ここではじめて声を上げた。

「わたしはこの方の見解に賛成いたします……！」

そう言って、文官の男性の側に立った。

「「「え……!?」」」

その場にいたラフィニア以外の全員が、素っ頓狂な声を上げる。

イングリスはその場に居並ぶ全員に、魔印の無い右手を見せつける。

「ご覧の通り、わたしは無印者――無印者には見習いの従騎士以上は許されないのがこの国のルール……！　それを皆に規範を示すべき国王陛下や、近衛騎士団長のレダスさんが自ら破ってどうなさいます……⁉」

「う……⁉」

「し、しかしイングリスよ……！」

レダスやカーリアス国王は食い下がって来そうな気配だが――

ここは絶対に引けない。どうやら戦うべき時が来たようだ。

今回のこの人事案について言うなら、絶対に嫌だの一言だ。面倒臭い。

騎士団長になど就任すれば、前世と同じ道を歩む事になるだろう。

つまり、国と人々に己の人生を捧げるという事。

イングリスには、それはもういい。前世でやり尽くした道だ。

そういう事は誰か他の、やる気のある者に任せればいいのだ。

自分は常に最前線に立ち、戦いの中で己の武を磨き続けるのみだ。

ここは絶対に断る――だが、カーリアス国王の気分を害するような断り方は良くない。

騎士アカデミーの学生という立場や環境は割と気に入っているし、下手に自分だけ国にいられないような状況になってしまえば、ラフィニアと離れ離れになってしまう。

ここは、断固として穏便に断ってみせる――！

イングリスは、周囲に向けてきっぱりと告げる。

「ルールとは、守るためにあるのです！　故にわたしは、騎士団長は拝命いたしません……！　わたし一人のために、連綿と受け継がれてきた騎士の伝統が歪められる事を望みません――！」

「し、しかしイングリスよ！　古き因習は見直し、より良きものを見つけ出して行く事こそが、未来を紡ぐ事であろう……!?」

「国王陛下の仰る通りです！　硬直した伝統などよりも、真にこの国と人々のためになる選択をせねばなりませぬ！　あなたにはその価値があるッ！」

予想通り、カーリアス国王もレダスも食い下がって来る。

その口ぶりから、本気で国のためを思ってイングリスを騎士団長に据えたいらしい。

常識にとらわれず、良いものを良いと評価する柔軟な姿勢である。

その点は素晴らしいが、だからこそ面倒でもある。

世のため人のために自分を巻き込まないで欲しい。

「ですがそれが必ずしもより良きものでしょうか？　真にこの国と人々のためになるでしょうか？　現にこちらの方は反対なされているではありませんか？」

「それは小さき事だぞ、イングリスよ。大事の前の小事だ」

「さよう。自らの地位を脅かされるのを懸念した、保身に過ぎませぬ！」

「自らの立場をご心配なさるのは、人として当然の事です。わたしはそれが悪いとは思いません――そしてわたしが騎士団長を拝命すれば、同じ事をお感じになる方は、他にも必ずおられます」

「それはそうだろうが……！」

「しかし……！」

「同時に、無印者のわたしが騎士団長になる事により、それまで従騎士であった方々も、これからは自分達も正式な騎士になれると希望を持たれるかと思います。しかし、実際にそうなる事は無いでしょう？」

「彼等(かれら)にそなたのような力が備わっていなければ、無論そうだろう」

「本来、魔印武具(アーティファクト)を扱(あつか)えず力が劣(おと)るために、そのようになっておりますからな――」

「ええ、ですがわたしという無印者が近衛騎士団長にまでなっているのに何も変わらなければ、彼等も不満に思うでしょう。つまり、既存(きそん)の立場のある方々を疑心暗鬼(ぎしんあんき)に陥(おとしい)れ、従騎士の方々をぬか喜びさせることに繋(つな)がります。それは魔印(ルーン)を持つ者と持たぬ者の間の分断に繋がります。一つの例外が、あらぬ対立を生む事をわたしは懸念します。そこで考えてみて下さい。国はわたし一人で守れるものではありません。多くの人々が志を同じくし、手を取り合ってこそ為(な)されるものです。これまでこの国には、如何(いか)に天上人(ハイランダー)の手を借りたとはいえ、それを為し得て来た伝統と実績があります。それに楔を打ち込んでまで、わたしを騎士団長とする価値があるのでしょうか？　得るものもあるかもしれませんが、失うものもまた、大きいと思われます。わたしはわたしのせいでこの国が乱れるのを、見たくはありません……！」

「む、むぅ――人の心の些細な動きが、分断を生みかねんと……」

「総合的に見れば、国にとって良くないと仰るのですか――」

「はい。ですから――残念ながら騎士団長を拝命することはできません。本当に残念です……」

そう言うイングリスの頬を、すうっと一筋の涙が伝う。

半分は演技だが、半分は本気だった。残念というのも嘘はない。

無論、騎士団長の立場であるとか、出世が惜しいがゆえのものではないが。

――つまり、本来ならこの後に待っていたはずのごちそうへの未練である。

カーリアス国王肝煎りの人事を蹴っておいて、では話はそれぐらいにして祝宴へ――などという流れになるはずがない。

ごちそうを前にして本当に悲しいし、涙を禁じ得ないが、このまま退去するしかないだろう。

「クリス……」

近くでラフィニアも、涙ぐんでいた。

流れから、察したのだ。ごちそうは、諦めざるを得ないのだと。

「イングリスよ――」

「すみませぬ。お辛い思いをさせたようで……」

だがしかし、カーリアス国王やレダスには、別の意味として伝わっているようだった。

15歳にして既に絶世の美女であるイングリスが流す涙は、彼等の心に響いた様子である。

このまま諦めてくれそうな気配ではある。

しかしこれはいったい何なのだろう。

ごちそうにはありつけず、興味のない出世を丁重に断る労力だけがかかった。

こんな事ならあのまま騎士アカデミーの土木作業を手伝って、支給のお弁当を貰えば良かった。

もうお弁当さえ逃してしまったではないか。

いや、これからだ――転んでもタダでは起きない。

せめてこれだけは……！

そう思いつつ、イングリスはカーリアス国王の前に再び跪いた。

「国王陛下。騎士団長はお受けできませんが、わたしの力は捧げさせて頂きます」

「ふむぅ……つまり？」

「先日のような危機の際は必ず駆け付けますので、いつでもお声掛けを――わたしの力だけを、必要な時に存分にお使い下さい。それならばわたしが騎士団長になる時のような、余計な軋轢は生みません。ある意味最も有効に、わたしを使って頂けると思います」

「しかし、それではそなたが――」

「構いません。わたしに地位や名誉は要りません。わたしは自らの心が満たされれば、それ以上は望みません」

無論心が満たされるとは、強敵と思う存分戦い合って実戦経験を積み、成長を実感する事だ。

が、今のイングリスの言葉をどう捉えるかは、人それぞれである。

「何とも見上げた少女よ――そなたの心意気、感服させてもらったぞ」

カーリアス国王は、この国と人々のためという大義だと解釈したようだ。

繰り返すが、イングリスの言葉をどう捉えるかは人それぞれだ。

イングリス自身は、嘘は言っていない。

「そうですか……残念です、私はあなたにお仕えしたかったのですが……その夜空の月のように麗しいお姿と、至高の花のような香りのお側にいるだけで、もう毎日が天国のように……」

「………」

「い、いえ……！　と、ともかく！　騎士団長にはなって頂けぬようですが、また共に戦えるという事ですな⁉」

「ええ。その時はよろしくお願いします。わたしの力が必要な時は、必ずお呼び下さい」

イングリスとしては、面倒な責任は負わされず、強敵が現れた時にだけ呼んで貰えれば、願ってもない事だ。

これは、そういう事である。

大義のため、実戦経験のため、という認識の違いはあるが――

お互いがお互いのためになるのだから、それでいいだろう。

これで、転んでもタダでは起きない事はできただろう。

「それでは、失礼致します――」

イングリスは深々とお辞儀をし、謁見の間を退去した。

謁見の間を出ると、ラフィニアは早速大きなため息を吐く。

「あ～あ、結局無駄足だったじゃない……クリスはまだ上手くやったからいいけど――めんどくさい事は拒否して、戦いだけさせてくれって事よね、あれ？　クリスにとってすっごく都合がいいように丸め込んだわね～」

「でもお互い様だよ？　向こうも余計な問題を抱えずに、わたしの力だけ使ってくれていいんだし――わたしはラニの従騎士だから、騎士団長なんてやる暇無いし」

「あたしをダシにしないの……！　自分がめんどくさかっただけでしょ……！」

ほっぺたをぎゅーっと引っ張られる。

「いひゃいひゃい……！　はっひゃらにゃいれ――！」

「……ねえ、本当に良かったの？　近衛騎士団長なんて、とんでもない出世よ？　聖騎士のラファ兄様に匹敵するわ。セレーナ叔母様もリューク団長も、きっと凄く喜んでくれると思う。うちのお父様もお母様も、ユミルの人達もね。本当にあんなにあっさり断って良かったの？　あたしを気にしてるなら――」

ぶにっ！

今度は珍しく、イングリスがラフィニアの頬を抓んだ。

「いいんだよ。わたしは今のままがいいから。でも、話を聞いたら父上や母上は残念がるかも知れないね。だから内緒にしておいてね？」

言ってラフィニアの頬から手を離し、そっと抱き締める。

「……うん。分かった。あーあ、ホントにあたしは来た意味なかったわねー」

ぎゅ～！

ぐぎゅ～！

そして、同時に二人のお腹が鳴った。

「……帰ろっか」

「そうだね――」

二人で、星のお姫様号を置いてある中庭に向かって歩いていると――

「ほーほほほぅ！　そ、そこにおわすはイングリスちゃんにラフィニアちゃんでは御座いませんかぁぁぁ～！　お久しぶりで御座いますねえ！」

奇抜な格好をした中年の細身の男性が、素っ頓狂な声を上げていた。

「……！」

「あ、あなたは――！」

昔故郷のユミルで、お世話になった事のある人物だった。

「はぁいどうも！　あなたのワイズマル伯爵ですぞおぉぉ～！」

と、機嫌良さげにステップを踏みながら、イングリス達ににじり寄って来る。

その様相は正直不気味なのだが、かつて一度慣れていたので、そこまで驚きはない。

「いやはや二年ぶりですか。あなた方の故郷ユミルでの公演は、未だに鮮烈な思い出として吾輩の胸の中に輝いておりますぞぉ～！」

そう言って嬉しそうな笑みを浮かべる。

このワイズマル伯爵は、劇団を率いて各地を巡り、演劇や歌や踊りなどの舞台を披露している人物だった。

元々は貴族の家柄だが祖父の代で領地を失い、旅の劇団を率いるようになって三代目だと言っていた。

だから伯爵というのは通称、綽名のようなものだ。

ワイズマル劇団としては、もう何十年もこのような活動を行っているという事だ。

全国的にも名前は通っており、芸術伯ワイズマルと言えば有名人である。

この王城にいるという事は、今度は王都で公演を行うのだろうか。

以前ワイズマル劇団がイングリス達の故郷ユミルにやって来た時、イングリスとラフィニアはその公演の舞台に立って、歌と踊りを披露した事がある。

イングリスとラフィニアが、まだ13歳だった頃の話だ。

ワイズマル劇団がユミルに向かう道中、魔石獣に襲われているのを助けたのがきっかけで、彼から直々にスカウトを受けたのである。

イングリスはその舞台に立ったおかげか、着飾った自分が大勢からの視線を受ける事にある程度慣れるようになった。

それを見たラフィニアには、女として一皮剥けたと評された。全く嬉しくはなかった。

「この二年でお二人ともますますお美しくなられましたねぇ、はい！　おや、どうなさいました？　涙ぐまれて――」

「う……うわあぁぁぁぁんっ！　ワイズマル伯爵っ！」

「助けて下さい――――！」

イングリス達の、ワイズマル伯爵への反応には理由がある。

以前ユミルで彼と会った時、ユミルは不作で食糧不足だったのだ。

イングリスもラフィニアも、民に規範を示すという事で食事量を制限され、今と同じような空腹状態が続いていた。

そこに現れたワイズマル劇団は潤沢な食料を抱えて行動しており、公演に出てくれるならと、イングリスとラフィニアに好きなだけ賄いを食べさせてくれたのである。

正直、それ目当てで公演に出たと言っても過言ではない。

だから二人の中では、こう思っている。

ワイズマル伯爵、イコールお腹いっぱい――――と。

ぐぎゅぎゅ～！

ぎゅぎゅ～！

「おやおやまあまあ。吾輩の前に現れるお二人は、いつもお腹を空かせておられますねえ？　劇団の賄いの食事で良ければ、食べにいらっしゃいますか？」

「「はい……！　お願いします！」」

「ほーうほう……！　それではどうぞどうぞ、ただし――ワイズマル劇団の王都カイラル公演をお手伝い頂く、という事になりますが――？」

「「何でもします！　ご飯が食べたいです！」」

「ほっほぅ！　いやあ有り難い！　今回の公演に、お二人はぴったりで御座いますからねぇ！　ここで出会えたのも何かの縁！　天の助けで御座いましょう！」

「はい！　絶対そうですよ！」

「こちらも天の助けだと思います――！」

ともかく、ようやくお腹いっぱいご飯が食べられそうである。

王城のごちそうは逃したが、結果的に来て良かった。

ワイズマル伯爵との再会を、神に感謝をしたい。

イングリスの感覚では、今のこの世界に神の気配は感じないが――

ワイズマル劇団は王都の大劇場の使用許可をカーリアス国王から得て、今はそこに間借

りをして、公演の準備に入っているらしい。

先日の血鉄鎖旅団の王城襲撃の直後に王都入りしたとの事で、あの事件による被害はなかったそうだ。

イングリスとラフィニアは、劇団員達の夕食に同席させて貰える事になり――

「ふみゃ……おいひぃぃ――！　ふぉんとにゅよりゃっらぁ……ふぁいふぁまりゅはしゃしゃくふぉまりゃあれて――（ああ、おいしい――！　ホントに良かったぁ……ワイズマル伯爵にまた会えて――）」

「そりゃりゃにゃ、りゃに……ひきゃきゃえっりゃみらいりゃね（そうだね、ラニ……生き返ったみたいだね）」

二人は感動に打ち震えながら、大皿に山盛りされた鶏肉の揚げ物に手を伸ばして行く。

ぱくっ！　ぱくっ！　ぱくぱくぱくぱくぱくぱくぱくっ！

怒涛の勢いで、大皿が空になって行く。

「「おかわりくださいっ！」」

完全に空になった大皿を掲げて、笑顔で追加要求。

「あ、相変わらず……」

「とんでもねぇ食いっぷりだなぁ――」

「いや、二年前よりスピード上がってる気がするぞ……？」

劇団員達の中には、二年前のユミル公演の際の、イングリスとラフィニアを覚えている者も多い。

だが驚きを隠せず、自分たちの食事の手を止め、唖然としてイングリス達の様子を眺めている。

「さぁさぁ、どんどん料理を持って来るのです！」

「わぁい！　ありがとうございます、伯爵っ♪」

「本当に助かります！」

「いいえ構いませんぞぉ～！　よく寝、よく食べ、よく笑う！　それがお二人の美の秘訣でも御座いましょうからねぇ～！　二人ともこの二年で益々お美しくなられました！　その美で、吾輩のステージを彩って頂ければ、この程度はお安いものです！」

なんていい人なのだろう。

前からそうだったが、ワイズマル伯爵は太っ腹で、イングリス達がどれだけ食べてもニコニコしているのだ。

奇抜な格好に挙動不審な動きと甲高い声という奇人だが、イングリスとラフィニアにとっては天使のような人物である。

「そう言えば今回、あたし達は何をすれば……？　また歌と踊りですか？」

料理の追加を持つ間に、ラフィニアがワイズマル伯爵に尋ねる。

「いえ、今回の公演は演劇をメインで行いますぞぉ！　それも新作で！　せっかくこの広い大劇場をお借りできるのですから、この空間を広く使った、動きのある活劇に致したく！」

「へぇ……面白そう！」

「舞台上で立ち回りを見せる――という事ですか？」

「左様！　それだけでなくこれだけの空間ですから、機甲鳥を飛ばしたりして、ど派手に演出したいものです！　きっと老若男女が楽しめるステージとなるでありましょう！」

「いいわね……！　派手なのって好きだわ、あたし！」

「戦闘行為ならお任せください」

「ええ、ええ！　お二人の腕前は吾輩もよーく存じておりますゆえ、まずは団員達への戦闘シーンの演技指導や、機甲鳥の操縦指導をお願いしたく！」

「なるほど――あたし達の得意分野ね」

「うん、それならやれそうだね」

「それからお二人は現在、騎士アカデミーに所属されているとの事。出来れば機甲鳥(フライギア)の貸し出しをお願いできないものか、お口添(くちぞ)えを頂きたく！　吾輩達(わがはいたち)もいくつかは持っておりますが、数が足りませんので――」

「分かりました。校長先生にお話ししてみます」

「ダメだって言われても、あたし達の星のお姫様(スター・プリンセス)号は貸せますから！　私物だし！」

「ええ……!?　あれを使うの――？　街の子には不評だったような……」

「好評な子だっていたじゃない！　なんで悪い意見だけ取り上げるのよ、いい意見だけ聞いてればいいじゃない」

「ほーうほぅ！　あの実にファンシーな機甲鳥(フライギア)ですな、それは素晴らしい！　吾輩も一目見て気に入りましたぞぉ！　ぜひお願い致します！」

　ワイズマル伯爵には、好評なようだった。

「う、うーん……」

　この人は素っ頓狂な感じで常に何でも受け入れているように見えるが、それでいいのだろうか？

　いや、その何でも受け入れる懐(ふところ)の広さが、芸術というものには必要なのかもしれない。

イングリスには、よく分からない分野ではあるが――

「じゃあ、今回はあたし達は裏方のお仕事ね！　ちょっと舞台にも立ってみたかったけど――」

「わたしは、裏方だけでいいよ」

「何を言われます！　当然、舞台にも立って頂きますぞぉ！　こんなにもお美しくなられたイングリスちゃんとラフィニアちゃんを、使わない手は御座いません！」

「えへへ、お美しいだって。やる気出ちゃうわね～！」

「……ですが、わたし達が劇団の方々の出番を取ってしまうのでは？」

「ほっほう！　なぁに問題は御座いません！　行く先々で、その土地に役柄(やくがら)に相応(ふさわ)しい方がおられれば、舞台に上がって頂く――そのほうがより、当地の方々に親しみを持って公演を見て頂けるので御座います！　それが我がワイズマル劇団の方針！　お客様の満足が一番で御座います！　まあ、吾輩の眼鏡に適(かな)う方はそう多くは御座いませんが！　つまり、お気になさらず！」

「なるほど――」

「ささ、これが今回の演目の台本ですぞ！　ヒロイン役のマリアヴェールをご担当頂きたく！」

「ヒロイン役……!?　うわ、大役ねそれは——」

「そうだね……」

と、イングリスとラフィニアはワイズマル伯爵から手渡された台本に目を落とす。

ざっと見るに、マリアヴェールという娘を巡って、二人の男性が争う筋書きのようだ。

その争いが、激しい立ち回りを伴って演じられるらしい。

機甲鳥での戦いもそこに組み込まれていた。

かなり派手な舞台になりそうだ。

そして、最終的には片方の男性が勝利する事になり、マリアヴェールと結ばれるのだが——

「おぉぉっ!?　こ、これ最後キスシーンがあるわね……!」

「えぇぇぇっ!?　そ、それは——!　うわホントだ……!　あの、伯爵——これはどうにかなりませんか?」

「なりませぬ!　芸術的表現として必要でありますがゆえ!　妥協は許されません!」

「うぅ……!?」

「多分見栄え的にクリスがマリアヴェールやった方がいいと思うんだけど……嫌ならあたしがやってもいいわよ?　伯爵、別にいいですか?」

「無論、吾輩は構いませんぞぉ！　ラフィニアちゃんにはラフィニアちゃんの魅力がございますゆえ！」

「えぇっ⁉　だ、ダメだよそんな――――！　ラニにはまだ早いし、侯爵様にもラニの事頼まれてるし……！」

「じゃあ、クリスがやるのね？」

「うっ……⁉」

それも嫌だ。

これは不味い事になった。ラフィニアにさせるのは絶対嫌だし、自分がするのも怖気がする。

しかしキスシーンは無くならないとの事だし、ならば公演に出るのを止めるかというと――

「まあ、どうしても出来ないと仰るのであれば、残念ですがお食事の面倒は見られませんが――？」

「ううううう……⁉」

それも嫌だ――――！

もうあんなひもじい思いはしたくない……！

「ちょ、ちょっと考えさせてください……！」

「ええ、ええ構いませんぞぉ！　二、三日後までに決めて頂ければ！」

「あ、ありがとうございます……！」

考える時間は貰えたが――これは本当に困った事になった。

翌日の朝――イングリスとラフィニアは、ワイズマル伯爵をミリエラ校長の下に案内していた。

校舎は破壊されたため校長室も当然無く、校舎再建の工事現場で指揮を執っている所に直接案内した。

「えっ⁉　ワイズマル劇団の公演に、騎士アカデミーの機甲鳥を借りたい？」

「はぁい！　つい先日、王都では大規模な戦があったと聞きます。それによって落ち込んでおられる王都の皆様の気分を盛り上げて差し上げるためにも、是非！」

と、ワイズマル伯爵はいつもの甲高い声と奇妙な身振りでお願いするのだが、ミリエラ校長はどう答えるのだろう？

話の分かる人だとは思うが、決して不真面目ではない人である。

もしかしたら、そういう事には協力できないと断ったりするのだろうか？

「わあぁぁぁ～！　いいですねえ！　私演劇とか大好きなんですよぉ！　ワイズマル劇団の公演も何度も見た事ありますよぉ！　ファンなんです！」

――むしろ大歓迎のようだった。

「ほっほぅ！　それはどうもありがとうございます！　そう言って頂けますと、吾輩どもの活動も報われるというもの！」

「で、で、協力したらチケットとか融通して頂けるとか、あったりしますかねえ？」

「無論でございますとも！　騎士アカデミーの皆様でご使用頂ける特等席を手配いたします！　お気の済むまで何度でもご観覧頂ければと！」

「きゃ～！　やった特等席っ♪　じゃあ全面協力しちゃいますよお！」

「校長先生！　ちょっと待って下さい――！」

と、声を上げたのは生徒で唯一の特級印を持つ、三回生のシルヴァだった。

ミリエラ校長とワイズマル伯爵の話は、近くで作業を指示していたシルヴァにも聞こえていたようだ。

「えっ？　どうしましたかシルヴァさん？」

「どうしましたか、ではありませんっ！　物に釣られないで下さい！　そもそも現在のアカデミーは破壊された校舎の再建中で、そんな場合ではないでしょう！」

流石生真面目なシルヴァは、ミリエラ校長に異を唱えていた。

「いえ、そんな場合だからですよお！　どうせ校舎が無くて授業に支障をきたしているんですから、今のうちに楽しめる事は楽しんだ方がいいです！　こんな状況になって、気落ちしている人もいるかも知れませんから――きっと元気出ますよっ！　ね？」

「はい！　あたし達、ワイズマル伯爵のおかげで元気出ましたっ！」

ラフィニアが元気よく手を挙げた。

「ね、クリス？」

「そうだね――」

「二人の場合は、ご飯を食べさせて貰えるからでしょ……」

「昨日とは別人のように元気になりましたものね――」

と、レオーネとリーゼロッテに苦笑された。

「し、しかし騎士アカデミーは公の機関です。つまり、国王陛下の許可を頂くか、国と人々のためになる事が自明である場合でないと――」

「ほーうほうほう！」

ワイズマル伯爵が変な身振りで、シルヴァににじり寄った。

「心配ご無用！　吾輩らワイズマル劇団は、世のため人のために活動しておりますので！　虹の雨(プリズムフロウ)の降るこの地上は、常に魔石獣(ませきじゅう)の脅威(きょうい)に晒(さら)されるが運命——恐怖(きょうふ)を前に荒(すさ)みがちな心を、吾輩らの公演を見て頂き気晴らしをさせて差し上げる……それが吾輩らの役目で御座います！」

「そ、それはご立派な志ですが——」

「吾輩らの活動を良く知って頂ければ、ご理解頂けましょう！　どうです？　あなた、舞台に立ってみませんか？　見れば特級印をお持ちで、見た目も爽(さわ)やかだ。今作は舞台上での激しい立ち回りが見所ですから、適任で御座いますぞ！」

「い、いえ僕(ぼく)は……！」

「わぁすごい！　シルヴァさんを役者さんにしてくれるんですか⁉　いいですねえ！」

「こ、校長先生！　僕はそういう浮(うわ)ついた事は……！」

「浮ついた事なんかじゃありませんよお。芸術に触(ふ)れる事は、人間性を豊かにしてくれるんですっ！　きっとシルヴァさんにもいい影響(えいきょう)ありますよっ！」

「……ちょっとは怒(おこ)りっぽくなくなる——いい事」

と、ボソッと呟(つぶや)いたのは、いくつもの丸太をまとめて運んでいたユアだった。

ちょうど通りかかって、聞いていたらしい。

校舎再建のための資材運びなのだが、華奢(きゃしゃ)な体にまるで見合わない、異様に大量の資材を肩(かた)に抱えている。

相変わらずの力強さで、先日の事件で虹の王(プリズマー)に取り込まれてしまった事の後遺症(こういしょう)は特に見当たらない。

やはり手合わせするのに申し分のない相手だ。ぜひ戦ってもらえるように、胸を大きくする方法を早く考えないと。

それを教えて効果があったら、ユアは手合わせしてくれると約束してくれているのだ。

「それは僕がどうこうではなく、君の態度に問題があるんだっ！」

「……はて？」

と、ユアが無表情に小首を傾(かし)げた瞬間(しゅんかん)、抱えていた長大な丸太が振(ふ)れてシルヴァの脛(すね)を打った。

「あ。さーせん」

「痛っ……！　そういう所だ、そういう！」

「まあまあ、シルヴァさん。お客様の前ですし穏便(おんびん)に……！　それはそうと、せっかくこう言って下さってるんですから、挑戦(ちょうせん)してみたらいいと思うんですけど——」

「さよう！　なあに大丈夫です！　そこにいるイングリスちゃんも舞台に立って下さいますので！」

「ええっ!?」

「わ！　イングリスさんもですかあ――確かにイングリスさんは舞台映えしそうですもんねえ……お目が高いですねえ、ワイズマルさん」

「ほっほう！　実は以前にも吾輩達の公演の舞台に立って頂いた事がありまして！　もう一度、舞台に立って頂きたいと思っていたのですよ！」

「へぇぇぇ～！　イングリスさんも、頑張ってくださいね！」

「い、いえわたしはまだ……」

まだ本当に出るかどうかは、決めていない。

非常に大きな問題がある。あり過ぎる。

「最後にキスシーンもあるのよ！　ね、クリス？」

「ちょ……！　ちょっとラニ、それはまだ――」

「「「えええええっ!?」」」

ラフィニアの暴露に、皆から驚きの声が上がる。

「い、イングリスがキスシーンを……？　よく受けたわね――」

「そうですわね……よく人前でそんな――」

「いくら演劇の役とはいえ、大胆(だいたん)よね……ちょっと想像しちゃうわね」

「ええ、こちらがなんだか緊張(きんちょう)してきますわ……わたくしにはちょっと出来ません――」

「が、頑張ってね……イングリス――」

「後学のためにも、しっかり見させて頂きますわね」

と、レオーネとリーゼロッテは少し頬を赤くしている。

妙(みょう)な興奮と期待感が、その表情に表れていた。

やはり二人とも健全な少女なので、そういう事には無関心ではいられないようだ。

「いや、まだ決まったわけじゃ……」

「そのお相手候補があなた、というわけです！」

ワイズマル伯爵が、シルヴァの肩を叩(たた)く。

「「「おおおお～～！」」」

そう皆から歓声(かんせい)が上がる。

「な……!?　そ、そんな事、余計に出来ませんよ……！　馬鹿(ばか)な話だ……！　お断りさせて頂きます！」

「え～……シルヴァ先輩(せんぱい)だったら、クリスも顔知ってるしやり易(やす)いと思ったんだけどなあ」

「「そういう問題じゃないっ！」」

イングリスとシルヴァの声が重なった。

「じゃあ、やっぱり初めてはラファ兄様がいい？　でもほら兄様遠征中だし、これは本気のやつじゃなくてあくまで演技だし？　でもラファ兄様が後で聞いたら、これはうかうかしていられんって、クリスに積極的になってくれたりするかもだし？　そしたら本当の姉妹になれる日が近づくわよね～♪　ってどうしたのよクリス、うずくまっちゃって？」

「ううう……」

先ほどからラフィニアやレオーネ達が述べる一言一句が、想像したら寒気がする。

やはりよく考えたら、大勢の見ている前で男性とキスするなど、恐ろしい。恐ろし過ぎる。

相手が誰だからどうではなく、その行為自体が生理的に無理というやつだ。

「そこを何とか！」

と、ワイズマル伯爵はシルヴァを説得していた。

「残念ですが、ご協力できません！　きっぱりとお断りします！」

「う～ん、シルヴァさんがそこまで言うなら——じゃあ他に誰か、イングリスさんとキスシーンをしたい人っ！」

と、ミリエラ校長が調子に乗って、周囲の生徒を煽った。

「「「はいはいはいはいはいっ！」」」

大量に挙がる、手。

同時に男子生徒達の視線がイングリスに集中する。

「わぁ！　クリス、モテモテね～♪」

「ひぃぃぃぃぃっ!?」

そういう血走った目でこちらを見るのは、本当にやめて欲しい。

背筋に走る悪寒を抑え切れない。

「わぁ——さすがイングリスちゃん……あっ！　ラティは挙げちゃダメですよ！　挙げてないですよね？」

騎士科の同級生プラムと、イングリスと同じ従騎士科の同級生ラティもその場にいた。

二人は北の国の出身の留学生で、幼馴染であり普段から仲がいい。

プラムはラティを窘めるように見ていた。

「挙げてねえよ。俺はそーいうの興味ねえから」

「はい。他に言う事はありませんか？」

と、プラムはラティのほうに耳を向ける。

「はぁ？」

「俺はお前一筋だから、挙げねえ――！　とかそういう台詞ですっ」

「言うかっ！」

と――

「シルヴァが辞退するというなら――私も挙手させてもらおうっ！」

そう大声と共に現れたのはシルヴァの兄――近衛騎士団長のレダスだった。

「レダスさん……!?」

「ははっ！　イングリス殿――ご機嫌麗しゅう」

と、レダスはイングリスに丁寧に礼をした。

「に、兄さん――何故ここにいるんだ？　また僕の事を心配して……!?　それは必要ないから、任務に戻ってくれ」

シルヴァは若干迷惑そうな顔をする。

「いや、そうではない。兄さんは任務としてここにいるぞ。シルヴァ、お前ではなくイングリス殿のご様子を見させて頂くためにな」

「イングリス君を……？　一体何故？」

「うむ。イングリス殿は国王陛下に、国の危機の際には必ず駆け付けると約束して下さった。ゆえに有事に備え、即応できる連絡体制を作っておかねば。と、いうわけでイングリス殿、時折こうして私や他の近衛騎士団の者が参りますので、よろしくお願いします」

「は、はぁ――」

少々面倒な話ではあるが、本当に何かあったら呼んでくれそうなのは歓迎したい。

国の危機だというような事態の中心地には、必ずいい戦いが待っているだろう。

「ですが、あまりずっと見られているの困りますので、節度は守って下さい」

「もちろんですとも！　ご迷惑になるようなことは致しません！」

「いいけど、覗きとかしちゃダメですよ！」

と、これはラフィニアが言った。

「いやいや滅相もない！　それに、イングリス殿程のお方であれば気配を察知されるでしょうから、そのような事は不可能かと」

「そんな事ないですよ？　クリスってば鏡を前にしたら夢中になるから、その時は隙だらけだし――」

「ラニ……！　わざわざそんな事――」

「ほぉう……！　なるほど、鏡の前に立つイングリス殿は無防備……と。これはこれは――」

「兄さん、よく事情が分からない。どうしてイングリス君に、そんな――」

「うむ。先日の事件の際、イングリス殿には国王陛下も我々も、大いに助けて頂いてな。ご活躍を甚く気に入られた国王陛下は、イングリス殿を近衛騎士団長にお据えになろうとしたのだ」

「「「えええええぇぇぇっ⁉　近衛騎士団長っ⁉」」」

悲鳴に近いような、驚きの声が上がる。

「イ、イングリスが近衛騎士団長……⁉　す、すごい出世だわ――」

「ぜ、前代未聞の事ですわよね……ですが――」

「実力的には、適任……？　かも知れないが――」

「が――様々な影響を鑑みて、お受け頂けぬと断られてな」

「「「断った⁉」」」

再び驚きの声。

「しかし、有事の際はお力をお貸し下さるとお約束頂いた。だから、そのための連絡体制だ」

「な、何て事を……それでいいのか、イングリス君は……！　いや、僕としては兄さんが降格にならないのはありがたいんだが――」

「フッ。小さいぞ、シルヴァ！　イングリス殿のずば抜けた戦闘能力に、冷静な頭脳、そして端麗なる容姿！　全てにおいて私など比較にならんわっ！　冷静に考えて、私はイングリス殿にお仕えしたいっ！　気が変わったら、いつでも近衛騎士団長はお譲りいたしますぞっ！」

「い、いえ結構です」

「ならば時折こうして参上させて頂く所存ッ！　これはこれで、あなたのお姿を見、声を聴き、日々の疲れも吹き飛ぶかのようでありますっ！」

「は、はあ……」

「我が弟シルヴァのこと以外で、こんなにも夢中になれるのは久しぶりでありますッ！　まるで青春の頃の気持ちを取り戻したかのような……！」

「――ある意味助かるよ、イングリス君」

「どういう事ですか、シルヴァ先輩？」

「兄さんは僕に対して過保護だからな。君に注意が向けば、少しは自由になれるという事さ」

「…………」

まあ確かに客観的に見て自分でも思うが、イングリスの容姿は抜群で、絶世の美女と言っても過言ではない。

戦闘能力も近衛騎士団の面々を大きく上回るだろう。少なくとも、イングリスが見た事のある騎士達と比べれば。

だから、こういう熱狂的な者が現れるのも分からなくはない。

分からなくはないが――

それは理屈であって、実際に体験してみるとあまり嬉しくない。

「し、しかし騎士団長のお役目をお断りになるなんて、勿体ない事をなさいますわ――これ以上ない名誉ですのに……」

「で、でもイングリスだから――イングリスなら、そう言うかもって思うわね……」

「ちょ、ちょっと！　ちょっとイングリスさん！　いいですか……!?」

ミリエラ校長が手招きしている。

「はい」

近寄ると、イングリスにだけ聞こえるように耳打ちしてくる。

「ちょ、ちょっと教えて下さい……！　どうしてそんな素晴らしいお話を断ったりしたんです……!?」

「それは、話せば長くなりますが――」

「あ。手短でいいですよ、本音をズバッと一言で——大丈夫、何言っても怒ったりしませんから……」

「そうですね。一言で言うなら——」

「ええ、ええ——」

「めんどくさいので嫌です」

「あははは……そ、そうですか——それなら仕方ないですね……」

と、ミリエラ校長は乾いた笑みを浮かべる。

「か、仮にも騎士を育成するための騎士アカデミーの生徒が、最上級の騎士になるのがめんどくさいって……な、何のためにイングリスさんはここにいるんでしょうね——これはもう哲学ですよ、哲学……」

「ラニの成長を見守りつつ、多くの戦いを経験して自分を高めるためです。そのためにはいい環境かと思います」

「い、いや、ラフィニアさんは一本芯が通っていて、むしろイングリスさんよりしっかりしているような……?」

「ラニを誉めて下さってありがとうございます」

「はぁ……別の事も言ってるんですが、そこは無視なんですね——」

「ええ。わたしは変わる気はありませんので」

「そ、そうですか……」

そうイングリスがミリエラ校長と話している間に、レダスがワイズマル伯爵と交渉していた。

「というわけでワイズマル殿！　シルヴァがやらぬと申すならば、私をお使い下され！　フフフ、イングリス殿と……ぐふふふふ――」

「却下します！」

気持ち悪い。嫌だ。

そもそも誰が相手だろうが嫌だが、余計に駄目だ。

「ぬぅ……!?　しかしイングリス殿が仰るならば、了解いたしました！　ならばそんな不埒な筋書きなど認めるわけにはいかんッ！　ワイズマル殿、脚本を修正なされいッ！」

「おぉ……」

ひどい変わり身だが、イングリスには有利。

キスシーンさえ抹消できれば、何の気兼ねも無く賄いを好きなだけ食べる事が出来る。

「なりません！　芸術表現として必要なもので御座います！」

そこは拘りがあるらしい。ワイズマル伯爵も強硬だった。

「人選につきましてはヒロイン役の意見を参考にいたしましょう——が、筋書きは変わりません！」

「うーん……」

どうする？　何とか上手く収める方法は無いだろうか——

イングリスが思案していると、様子を見ているユアの呟きが耳に入った。

「うらやましす——」

「え？　どうしてですかユア先輩？」

「だって、好みのイケメンとキスできる——でしょ？　いいな」

ユアにとっては、そう感じられるらしい。

元々モテるために胸を大きくする方法が知りたいと言うような人なので、そういうものなのかも知れない。

「じゃあユア先輩が代わって——あっ……！　いや……！　ちがう……！」

急に頭の中に、電撃が走ったかのような感覚。

妙案だ。これは妙案。

素晴らしい発想が浮かんだ——！

「そうだ、代わるのではなく——一緒にやる……！」

「？」

「ワイズマル伯爵！　わたしから人選について、提案があります！」

　イングリスはそう声を弾ませた。

「ほーうほぅ！　無論、ヒロイン役のイングリスちゃんのご意見は伺いますよ！　より良い芸術作品を作り上げるためで御座いますから！」

「はい！　わたしはヒロイン役を降ります！」

「えぇぇっ⁉　ちょ、ちょっとどういうつもりよクリス⁉　あたし達のごはんが……！」

　ラフィニアが吃驚して問いかけてくる。

　無論、それだけではラフィニアがそう心配するのも当然だろう。

「分かってるよ、ラニ。ワイズマル伯爵、代わりにシルヴァ先輩に任せようとしていた相手役を、わたしにやらせて下さい！」

「ほほっ⁉　そ、それではヒロイン役はどうなるので御座いますか――？」

「それは誰か他の男性の方にお願いします！」

「男性……⁉」

「はい。つまり、ヒロイン役のマリアヴェールは男性となります。反対に、彼女を巡って争うはずだった主役が女性となります！」

「つまり、配役の性別を逆転させる……という事で御座いますか？」

「はい。それならば、筋書きは変わりません！　ワイズマル伯爵は仰っていましたね、今回の見所は二人の争いの派手な立ち回りだと——で、あればそこに注力するべきです。失礼ですが、戦闘行為や機甲鳥の操縦ならば、劇団の役者がやられるよりも、わたしの方が迫力が出ます！　必ずや観客の皆様を満足させるものを披露してみせましょう！」

「フームそれは道理だ。イングリス殿の戦うお姿は、本当に美しく、凛々しくていらっしゃる——観衆の見応えは抜群でしょう」

と、イングリスの言葉にレダスが頷く。

「確かに、あなたの戦う姿は素晴らしいものがある——思えば、吾輩があなたを見出したのも、戦うあなたを目撃したからでしたな」

「これからは女性も強くあらねばならない時代——いつまでも男性に求められ愛でられるだけの華であるのは時代遅れです！　望むものは自ら掴み取る強さと意志を示すべき！　それを観客の皆様へ伝えられればと思います！」

「ほーうほぅ……！　ほぅほぅ！」

「わたしとそのライバル役と、どちらが勝つかはあえて決めません！　勝った方が最終的なキスシーンに臨みます……！　あえて筋書きを無くす事により、真剣勝負の迫力を演出できるかと思います！」

「おぉ——これまでにない発想です……！　新しい、新しいですぞッ！　吾輩、興奮して参りました！」

「いやそれ、舞台じゃなくて単なる見世物試合になっただけじゃ……？」

「イングリスが舞台上で真剣勝負なんてしたら、劇場が壊れそうだけど……」

「それどころか、流れ弾で死人が出かねませんわよ——」

「シッ！　みんな静かに！　これは新しい舞台演出だから！　芸術だから！」

「さよう！　面白い試みではないですか！　挑戦無き所に進歩無しで御座いますな！　ではイングリスちゃんと争うライバル役は、ラフィニアちゃんがやって下さる事になるのですかな？」

「あ、あたし……？　あたしはやるなら普通に可愛いヒロイン役がいいんだけど……」

「いけません！　ラニはいけません！」

そんな事になったら、イングリスかラフィニアのどちらかが舞台の最後にキスシーンを披露する事になってしまう。どちらも絶対に避けねばならない事だ。

キスシーンを避けつつ、舞台に出て賄いを好きなだけ食べるのが目的なのに、それをしてしまっては本末転倒である。

もう一つの狙いも、今回の提案には含んでいるが――

「では、どなたが？」

「はい。わたしと争うライバル役は、ユア先輩にお願いしたいと思います！」

イングリスはビシッとユアのほうを指差した。

「……ほえ？」

きょとんとしているユアに、イングリスはすかさず近づいて耳打ちする。

「ユア先輩、これは好みの男性とキスができるチャンスですよ……！　誰をその役にするかは、わたし達の意見を聞いてくれそうですから――」

「おお――よりどりみどり？　とっかえひっかえ？　私がイケメンを選んでいい？」

「はい！　ただし、舞台演出上、わたしと本気で戦って頂く必要がありますが――キスしたければ、わたしを倒してください」

「……乗った。やる。久しぶりに面白くなってきた。ふふふ――」

にやり、とユアは僅かな笑みを見せる。

いつも無表情なユアの表情が動くあたり、相当乗り気になってくれているようだ。

「やった……！　ありがとうございます！」

イングリスとしては、好きなだけユアと手合わせをする絶好の機会を得られる。

気が済むまで舞台上で戦って、頃合いを見て勝ちとキスシーンを譲ればいい。

これがキスシーンを避けつつ、舞台に出て賄いを好きなだけ食べ、更に前々からの願いだった本気のユアとの手合わせをも実現させる一石三鳥である。

我ながら素晴らしい妙案だろう。

「というわけでワイズマル伯爵――配役と人選の変更をお願いします！」

「ええ、ええ！　そう致しましょう！　これはますます楽しみになって参りました！」

そう盛り上がる様子を見て、ラフィニアがぼそりと感想を漏らしていた。

「ホントクリスはズルいわねー……結局自分のやりたいように持って行くんだから」

「あはは――まあ大人しくて可愛いヒロインよりも、舞台で暴れてるヒロインのほうがイングリスらしいけど……」

「物凄く頭もお回りになるのですよね――回転の方向性がおかしいですが」

「それは頭の良さとは関係ないからね。クリスがクリスなだけだから」

「ラフィニアが言うと、説得力が凄いわね――」

「ともあれこれは、わたくし達もよくお手伝いした方がいいですわね――」

「うん。機甲鳥の操縦の指導とかよね？」

「いいえ、レオーネの言う通り劇場が破壊される恐れもありますから、魔印武具の力で壁を作ったりして、安全を確保する役割ですわ」

「そ、それは確かに必要かも――」

と、ラフィニア達が囁き合う中――ワイズマル伯爵が鶴の一声を放つ。

「では、そちらのユアちゃんのお手前を拝見させて頂きたく！　イングリスちゃんの推薦ですから間違いはないでしょうが、念のため！」

「それはいいですね！　その目で確かめておきたいというのも当然ですし！」

「ん……分かりました」

ユアも嫌がらない。

さっそく、前々からの望みが果たされる時が来た――！

こうこなくては……！　こちらも楽しくなってきた。

イングリスとユアは、少し距離を取って向かい合う。

「二人とも、あまりやり過ぎないで下さいよ……！　せっかく校舎を建て直しているんですから、また壊さないで下さいね！」

「はい、校長先生。うふふふ――」

イングリスはにっこりとたおやかな笑みを浮かべて、ミリエラ校長に応じる。

待ちに待った、ユアとの手合わせができる時が来た。

胸の高まりと笑みが抑え切れないのだ。

懸案だったキスシーンを避ける目途も付いた事だし、後はもう、よく食べてよく戦って思い切り楽しませて貰うのだ――！

「さあユア先輩！　ワイズマル伯爵にわたし達の腕前をご覧頂きましょう――安心して大役を任せて頂くために……！」

「うん。おっぱいちゃん」

「………」

その呼び方だけは何とかして欲しいものだ。

せっかく盛り上がっていたのに、気が抜けそうになる。

そういえばユアは常に誰に対してもこんな様子だが、それで舞台の台詞や段取りを覚えられるのだろうか？　少々不安になって来た。

まあ、多少物覚えに問題があっても、それを遥かに上回る戦闘の迫力をユアなら出せるはずだが。

その実力は、折り紙付きだ。イングリスから見ても、まだ底が知れない部分がある。

先日の事件では虹の王の幼生体に取り込まれてしまっていたが、それはユアが力負けしたわけではなく、相手にそういう特性があり、それに嵌ってしまっただけの事。相性が悪かった、という事だ。

　イングリスにとって、彼女が虹の王（プリズマー）の幼生体より楽な相手だとは限らない。

「いや、えーと……イン――イング……？」

「はい。イングリスですユア先輩。覚えてくれたのですか？」

「うん。やばい所を助けてもらった恩人の名前くらい、ちゃんと覚えないと……と思ってた」

「おぉ――ありがとうございます」

　意外とそういう所を気にするようだ。イングリスはちょっと嬉しくなった。

「じゃあ、イン……イン――っぱいちゃん」

「……！　いやちょっと待って下さい……！　混ざっています、ユア先輩！」

「ん……？　んー。それなら、お、お……おっぱいリスちゃん？　うん、これかも」

「や、やめて下さい恥（は）ずかしいです……！　元のままで構いません……！」

　おっぱいちゃん呼ばわりも恥ずかしいのだが、そこから変に名前を混ぜられると余計に恥ずかしさが増す。思わず赤面してしまった。

「あははっ！　いいわね、頑張（がんば）れおっぱいリスちゃん！」

「ラニ！　それはやめて……！」

「わーいクリスが怒った♪」

「や、やめてあげなさいよ、ラフィニア――イングリスも好きでそうじゃないんだから」

「レオーネもそっち側の人間だもんね――あ、いや違ったおぱーネか」

「や、やめてってば……！　私は関係ないじゃない――！」

レオーネも顔を赤くして抗議している。

「と、とにかくユア先輩――名前の事はいいですから、始めましょう」

「うい。わかった」

ユアはそう返事をしただけで、それまでと変わらず突っ立っている。

戦いだからといって、わざわざ構えたりしないのがユアらしい。

トコトコ歩くような軽そうな挙動で、目にも留まらぬ高速移動。

撫でるような打撃で、驚異的な剛力を発揮し対象を粉砕する。

見た目と起きる現象が、まるで釣り合わないのが彼女である。

こうして対峙していても、何の迫力も感じない。

エリスやリップル、システィアら天恵武姫には、独特の威圧感を覚えたものだったが
――明らかにユアは異質だ。

イングリスの感覚では、一般人がただ立っているようにしか感じないのである。

興味深い――

未知なるもの。分からないもの。

そういう存在と拳を交える事で、自分にも新たな発想や技術が生まれるかもしれない。

「……こっちから、行っていい？」

と、ユアは小首を傾げるようにして聞いてくる。

「はい！　お願いします……！」

イングリスは身構えて、ユアの踏み込みを待つことにする。

いつも行っている、自分への超重力は維持。

これは常に維持していればいる程、いい修業になる。理由が無ければ解く必要はない。

人の一生など、終わってみればあっという間だ。

一度天寿を全うしたイングリスは、それを知っている。

一分一秒も無駄にせず。己を高め続ける。

そうする事で、より遠くへより高みへ行く事が出来るのだ。

「んじゃ――」

その声が掠れるように小さく消えて――

「ほい」

その声は、大きくはっきり聞こえた。耳の真横だ。

一瞬で、ユアはイングリスの真横に滑り込んでいたのだ。

「……っ⁉」

目にも留まらず、耳に聞こえるはずの足音も、肌に感じるはずの風の動きも、何も無かった。認識できなかった。

ただ何もなく、ユアはイングリスに密着して来ていた。

そっと撫でるような掌打が、イングリスの脇腹に――

「はあぁっ！」

触れる前に、腕を差し込んで防御の姿勢を取る。

ユアの掌が、その上から触れると――


ズゥウンッ！


物凄い衝撃が、そこから伝わって来た！

「くぅっ……！」

衝撃に圧されたイングリスの体は、大きく吹き飛ばされる。

飛ばされながらも――イングリスは目を輝かせていた。

「おぉ――すごい……！」

まるで相手を反応させない踏み込みに、この力。

特にあの踏み込みが凄い。

あらゆる点で完全に気配を殺している。

ユアは何も考えていないように見えて、実は恐ろしい程高度な戦闘技術を身につけているのかも知れない。

これは期待通り。素晴らしい手応えである。

という事を考えている間に、吹き飛ばされたイングリスの体は、再建中の校舎の骨組みに突っ込んでいた。

ドオオォォオンッ！　メリメリメリィイイッ！

「きゃあぁぁぁーーー校舎がぁぁぁぁぁぁっ!?」

ミリエラ校長の悲鳴が響き渡った。

「おおぉぉぉぉぉっ……！　何という力で御座いましょう……！　凄まじい――！」

ワイズマル伯爵は、ユアの力に目を丸くしていた。

「く、クリスがあんなに吹き飛ばされるなんて……！」

「す、凄いわね……！　前に見た時よりも凄いかも……！」

「ユア先輩はああいう人ですから、常に最低限の力しか出していなかったのかも――でも今は、きっとかなり本気なのですわ……！」

「えっへん」

皆の反応を見て、ユアは少々胸を張っていた。

「あぁぁぁぁ――校舎が……！　せっかく建て直してるのにぃぃぃ――っ！」

一方、ミリエラ校長は頭を抱（かか）えている。

「校長先生、それよりクリスの心配をして下さい……！」

「大丈夫（だいじょうぶ）だよ、ラニ！」


ドォンッ！


破壊（はかい）された骨組みが、更に大きく揺（ゆ）れる。

イングリスが勢いよく飛び出してきたからだ。

「凄いです、ユア先輩――！　まるで反応できませんでしたし、受けた腕がまだ痺れています……！」

わくわくと目を輝かせるイングリスに、ユアは小首を傾げる。

「――無傷……？　メガネさんは一発で泡吹いたのに――」

「よ、余計な事を言うなっ！」

シルヴァが怒りの声を上げていた。

「こう見えても、頑丈さには自信がありますので」

「なるほど――じゃあもう一発行くよ」

と、再び動き出そうとするユアを見て、シルヴァが呟く。

「……イングリス君は、自分から仕掛けるべきだ。じゃないと危険だ……！」

「え？　どういう事ですか？　シルヴァ先輩――」

近くにいたラフィニアが、説明を求める。

「実際に対峙してみると分かるんだが――ユア君の攻撃は、端から見ている以上にとても読み辛いんだ。まるで気配も痕跡も残さずに接近してきて、気づいた時には恐ろしく強烈な一撃を貰っている――防御が間に合えばまだ手の打ちようはあるだろうが、それすら難しいんだ。今の一撃、イングリス君はよく反応したよ。驚き……いや、流石だな――だがそう何度も受けられるかどうか……」

「だから、受けに回らされる前に攻撃した方がいいって事ですね？」

「ああ、そういう事だ」

シルヴァはラフィニアの言葉に頷く。

「イングリス君、受けに回るな！　ユア君の攻撃は読み辛い！　攻撃は最大の防御だ！」

「はいシルヴァ先輩！　ご忠告ありがとうございます！」

しかし返事だけはいいが、イングリスは自らは動かなかった。

一秒、二秒、三秒――空白の時が流れる。

「……？」

少し身構えていたユアが、きょとんと首を捻った。

「どうした……!?　なぜ仕掛けないんだ――？」

「だってクリスだから――ああ聞いたら絶対受けようとしちゃうんです」

「そうよね……イングリスならそうだわ――」

「困った人ですわね」

ラフィニア達が苦笑している。

「――はい。そういう事です。おかげさまで戦い方が決まりました」

イングリスはそちらを見てにっこりと笑う。

戦いとは相手の強みを真っ向から受け止めて、その上で勝つものだ。

そうする事で、自分自身が最も成長できるのだ。

攻撃が最大の防御になるというならば、自分からは仕掛けない。絶対にだ。

あの攻撃を、受けに回って捌いてみせる――！

「おぉぉっ！　流石イングリス殿ですなぁ！　その可憐なお姿からの、豪胆かつ豪快な立ち振る舞い！　見ているだけで痺れて参りますぞぉぉぉっ！」

「…………」

思うのは勝手だが、口に出さないで頂きたい。調子が狂う。

「シルヴァ先輩、それよりレダスさんを――」

「分かった。すまないな邪魔をして……さあ兄さん、静かにしていようか」

「むぐっ……！　ぐぐぐ……！」

シルヴァはため息をつきながら、レダスの口を塞いでくれた。

――これで集中できる。

「……いい？　行くよ？」

「はいっ！　お願いします――！」

ユアが再び、攻撃姿勢を取る。

イングリスもすかさず迎え撃つ姿勢を取る。

今度は自身に付加している超重力の魔術を解き、代わりに氷の剣を実体化する。

いつもは片手剣の大きさだが、今回は身の丈程もある両手剣の大きさに。

これも、力の制御技術が向上しつつある証だ。

剣の大きさを変化させる事が出来るようになった。日々の訓練の賜物である。

本当なら超重力も維持したまま行いたかったが、まだそこまでには至らない。

「でかくても、当たらなきゃ意味ない――」

小さく呟いて、ユアが動き出す。

「ええ。これはそのためではありませんので――！」

イングリスは、生み出したばかりの氷の大剣を軽く上に放り上げる。

そして、しなやかな曲線を描く上段蹴りを振り抜いた。

パアアァァァンッ！

見た目の優美さとは裏腹に威力は尋常ではなく、氷の剣は粉々に砕け散る。

細かい氷の粒がキラキラと、粉雪のように盛大に舞い散った。

刀身を大きくしたのは、舞い散る氷の粒の量を増やすためだ。

そしてこの氷の粒自体は、ユアの攻撃を見切るための煙幕だ。

あの極端に反応し辛い動きが物理的なものなら、見るからに氷の粒が揺れるはず。

そして魔術の一種ならば、これは魔術的に生み出された魔素を帯びた氷だ。　やはり力の流れに影響が出るはずである。

つまり、物理的にも魔術的にも、ユアの動きを検知するための仕掛けだ。

恐らく、霊素殻などを使ってしまえば、全く影響を受けずにユアの攻撃を弾く事は可能。

しかし、それをする事に意味を感じない。

目の前の戦いを少しでも多く自己の成長に繋げるためには、創意工夫が必要な状況に身を置く事が重要なのだ。

「――！　そこですっ！」

左後方！　物理的には変化は無いが、魔素の微弱な揺れを感じる。

イングリスはまだ何も見えないその方向に、中段蹴りを振り抜く。

一瞬の後、その軌道の上に図ったかのようにユアの姿が。

――捉えた！

「げふ」

ドゴオオォォォォォンッ！

今度はユアの体が大きく吹っ飛び、頭から校舎の骨組みに突っ込んだ。

「きゃあぁぁぁーーーーまたっ⁉」

再びミリエラ校長の悲鳴が響き渡った。

「も、もう反応して迎撃(げいげき)しただと……⁉　僕(ぼく)にはできなかったのに――」

見事にユアを蹴(け)り飛ばしたイングリスの姿に、シルヴァは目を見開いていた。

――それも、無理もないかも知れない。

今のユアの踏み込みは、どうやら魔術的な転移に近いものだった。

魔素(マナ)を帯びた氷の粒が、風に揺られずに魔素(マナ)だけが震(ふる)えた。

物理的に突進(とっしん)したのならば、風で吹き散らされるはずだ。

現代を生きる地上の人々は、魔素(マナ)を感じ取る感性を失っている。

魔印武具(アーティファクト)により、その見失った力を間接的に利用する事は出来ているが、魔印武具(アーティファクト)が無ければ何も出来ない。

シルヴァが魔素の動きに気付かず、反応できないのも当然と言える。

しかし、それを差し引いてもユアの技術は見事だ。

イングリスにも、僅かな力の流れしか感じ取る事が出来なかったのだ。

素の状態では感じ取れなかったゆえに、氷の剣を砕いて感じ取りやすくしたのである。

普通、魔術によって転移などしたら膨大な魔素の動きがありそうなものだ。

が、ユアの場合はそれが極端に少ないのだ。自然現象の中に紛れてしまいそうな程に。

結果、恐ろしく回避し辛い踏み込みと化す――というわけだ。

「先日の件を見れば、イングリス君に僕が及ばない事は明らかだが――それにしても、こんなにも差があるんだな……自分が情けなくなって来る」

シルヴァは少々伏し目がちになる。

少し悪い事をしてしまっただろうか？　イングリスとしては、そんな気はなかったが。


ばんっ！


ラフィニアが、シルヴァの背中をバシッと叩いた。

「痛っ⁉　な、何だい……⁉」

「人は人！　うちはうち！　ですよ？　自分の守りたいものを守れる力があれば、それでいいじゃないですか？」

「…………！」

「もちろん、だからって自分を諦めていいわけじゃありませんよ？　だから、下を向くんじゃなくて、しっかり見て少しでも学びましょ？　まあ、時々何も見えない時もあるんですけど――」

「……ああ、そ、そうだな。君の言う通りだ――ありがとう」

シルヴァの眼差しが再び前を向く。

「君はしっかりしているな――芯があるというか」

「クリスといる事に慣れてるだけですよ。幼馴染だもの」

ラフィニアはそう言ってにっこりと笑う。

そのやり取りを横目に見て、イングリスは目を細めていた。

欲目ではなく、いい子だ。シルヴァの言う通りラフィニアにはしっかりした芯がある。

心優しく物怖じをせず、他者への気遣いも忘れない。

少々天真爛漫が過ぎて、お行儀が悪いところがあるのが玉に瑕だが――

総合的に見て、ラフィニアとずっと一緒にいた自分の教育方針は間違っていなかったという事だろう。秘かに、鼻が高かった。

それはそうと、校舎の骨組みに突っ込んだユアは――？

イングリスはそちらに注意を向ける。

「ユア先輩……！　大丈夫で――」

「うん平気」

その声は、真後ろから聞こえた。

「……!?」


ドオオォォンッ！


ユアの肩からの体当たりが、イングリスの背中を撃った。

もう氷の剣を砕いたかけらは全て舞い散ってしまっており、察知が遅れた。

再び吹っ飛ばされて、骨組みに突っ込みそうになるが――

「――二度もはっ！」

強く身を捻り姿勢を立て直し、骨組みを足場として蹴り、跳び上がる。

「そうだね。校長先生、怒るし」

そのイングリスのさらに真上に、蹴りを構えるユアの姿。

「……っ⁉」

咄嗟に交差して構えた腕の上から、強烈な衝撃。


ドゴオォォッ！


イングリスの体は、垂直に地面に落ちる。

何とか踏ん張って着地はしたが、両足には凄まじい衝撃が走って痺れる。

それだけユアの蹴りが強烈だという事だ。

「連続で行く。そうすれば反撃できない――」

ユアの言う通り、こちらに氷の剣を砕く時間を与えなければ、舞い散った魔素による気配察知は出来ない。

それにもしもう一度あれを行ったとしても、効果時間は氷の粒が全て落ちるまでの僅かな間。ユアとしては、その間だけ距離を取っていればいい。

つまりあれは、一度きりの搦め手のようなものだ。

「……イングリス君に不利だぞ――！」

シルヴァがそう漏らしていたのも、頷ける話だ。

――が、間違いだ。

「……こうです！」

イングリスはその場でぎゅっと、強く目を閉じた。

そして直後に襲ってきたユアの拳――それに掌を合わせ、正面から受け止めた。


バチイィィィンッ！


響き渡ったその音が、強烈な威力を物語る。

「目、閉じて受けた……!?」

ユアが驚く気配を感じる。

「な、何だと――!?」

シルヴァも同様のようだ。

「この方が、よく分かりますので――！」

ユアのこの動きが単なる物理的ではなく、魔素を伴うものである事は分かった。

であれば、魔素の動きの察知に注力するべきだ。

それがこの、目を閉じるという事だ。

魔素(マナ)は目で見るものではなく、感じるもの。

視覚による情報は、逆に余計な情報となる。

それを絶つ事で魔素(マナ)への感度が増し、ユアの動きに対応可能となったのだ。

一度氷の剣を砕いて正体を見極(みきわ)めなければ、これには繋がらなかった。

あれはあれで、必要な手順ではあったわけだ。

「はああああっ！」

「ちょあああぁぁ～～」


ドゴッ！　ドゴゴゴゴォォッ！　ゴオオオオォォォォッ！


イングリスとユアの拳打(けんだ)や蹴撃(しゅうげき)が、唸(うな)りを上げて響き渡る。

互角(ごかく)の打ち合いから少し距離が開くと、ユアがふうとため息を吐(つ)く。

「これじゃ決着つかない、ね。ならもっと強く――」

その呟きと共に、ユアの気配が変わったような気がした。

目を開いて様子を窺(うかが)うと、ユアの瞳(ひとみ)の色が微(かす)かに、虹色(にじいろ)の輝きを――

「おぉぉ……！」

まだきっと、ユアには上があるのだ。

素晴らしい――！　もっともっと本当の本気を見せて欲しい。


バキバキバキバキイイイイッ！　メリメリメリィイイッ！

背後から盛大な崩壊音がした。


「「あ」」

とうとう耐え切れなくなった校舎の骨組みが、完全崩壊したのだ。

先程足場にして蹴り飛ばしたのが、致命傷になっていたのかも知れない。

「あああぁぁっ!?　もおおぉぉぉっ！　だから言ったじゃないですかぁぁぁ！　はいもう終わり！　もう十分ですよね、ワイズマル伯爵!?」

とうとう、ミリエラ校長による制止が入ってしまった。

「え、ええ……！　お二人とも素晴らしい腕前で御座いました！　正直吾輩、圧倒されてしまいましたぞ！　いやあこれならば、観客の皆さまもきっと大満足でしょう！　ではイングリスちゃんにユアちゃん、お二人に主役のほう、お願い致しますぞ！」

「うっし。これで好きなイケメンと――ぐふふ」

ユアがにやりとしている。

「もう少し戦いたかったですが――今日はこんな所ですね」

イングリスも頷いた。

少々残念だが、お膳立てを整える事が出来たので、悪くはない。

キスシーンを回避しつつ賄いの食事を頂き、ユアとも思い切り戦う。

本当の本気は舞台の上で――というのも悪くはないだろう。

「その前に！　二人は壊れた骨組みを元通りにしなさいっ！　それからじゃないと、お手伝いには出せませんっ！　いいですね⁉」

ミリエラ校長は眉を吊り上げ頬を膨らませ、ぷんぷん怒っていた。

――ちょっと怖いかも知れない。

「「はい――」」

流石に素直に頷かざるを得なかった。

第3章 ◆ 15歳のイングリス　ふたりの主演女優　その3

数日後。王立大劇場――

騎士(きし)アカデミーがワイズマル劇団に全面協力する事になり、舞台(ぶたい)で使う機甲鳥(フライギア)やその他の機材の手配や搬入(はんにゅう)が始まっていた。

劇場のあちこちで、慌(あわ)ただしく人や物が動き回っている。

イングリス提案の配役変更(へんさら)に合わせた脚本(きゃくほん)の修正も、ワイズマル伯爵が物凄い速さで終わらせて――

今日は、衣装合わせをする事になっていた。

「おおおぉぉおっ！　さっすがクリスね！　ホント何着させても似合うわね～♪」

舞台衣装に着替(きが)えたイングリスを見て、ラフィニアが目を輝かせた。

今回のイングリスの役は、巷(ちまた)で人気の踊(おど)り子(こ)マリアヴェール。

役名はヒロインだった時と変わらないが、立場は貴族令嬢(れいじょう)から踊り子になった。

折角(せっかく)なので観客の前でイングリスが踊るシーンを入れたい、とのワイズマル伯爵の意図だ。

二年前、ワイズマル劇団がイングリス達の故郷ユミルにやって来た時の再現に近いが、もう一度見たい、との事である。

「ありがとう。ちょっとお腹がスースーするけど……ね」

今回の踊り子の衣装は、ちょっとおへそが出ている形だ。

こういった服はあまり着慣れないので、少し違和感と気恥ずかしさがある。

ひらひらした布地と、煌めくような装飾は、可愛らしくて好みだが。

「いいのよ。減るもんじゃないし、おへそもキレイよ？　ほら鏡、見て見て――」

「おぉ……これはこれで、すごくいいね――」

いつもよりも少し大人っぽく、艶めかしさも引き立つ。

元々絶世の美女であるイングリスがこんな格好をすれば――その魅力は我ながら素晴らしい。

お風呂上がりの自分の姿を鏡で眺める事もあるのだが、むしろ衣装を纏う事で際立つ色香というものもある。

「ほらほら回って。くるくる～って、はい笑顔～」

「うふふっ♪」

にこっ。

「うんうん。どんな服でも着こなす最高の着せ替え人形よね～」

「生きてるけどね？」

「うんうん。そこしか否定しない生意気なクリスにはお仕置きでーす♪」

つんつんっ。

露になっているおへそを、指で突っつかれた。

「ひゃっ⁉　もう、ラニ……！」

お返しにこちらも突っついてやろうか、と思ってみるものの――

「ふふっ。いいわよやり返しても？　あたしのはヘソ出しじゃないし」

ラフィニアもアカデミーの制服ではなく踊り子の舞台衣装なのだが、イングリスのものより少し装飾が大人しくて、布地も多めである。

「ずるい――」

「いいじゃない、今回は本当に完全な引き立て役やってあげるんだから」

何故ラフィニアまで踊り子の衣装かと言うと、マリアヴェールが踊る場面で、後ろに付いて踊るためである。

そのほうが見た目にも華やかで、マリアヴェールがより引き立つとのワイズマル伯爵の説明だった。

「そんな事ない、ラニもすごく可愛いよ？　本当なら観客席でゆっくり見たいんだけど」

可愛い孫娘が着飾って踊りを披露する晴れ舞台。

本当ならば、拍手をしながらゆっくり眺めていたい所ではあるが、自分も舞台に立たねばならないのでままならない。

「何言ってるのよ、クリスは主役でしょ。あたし達の前で踊ってるんだから」

「あんまり後ろに行き過ぎないでね。横に並ぶくらいでいいから」

そうすれば、踊りながらラフィニアの姿を横目に見られる。

「はいはい。それよりほら、髪型決めよ！　座って座って」

「うん。お願い」

「うーん。色々いっぱいあるわねー！　目移りしちゃうわよ」

ラフィニアはキラキラと目を輝かせる。

流石に本格的な劇団なので、装飾品の類はふんだんに用意されているのだ。

好きに使っていいとの許可も得ている。

イングリスを着飾らせるのが趣味のラフィニアにとっては、宝の山である。

「どうしようかなー。客席からよく見えるように、大きなリボンとかしてみる？　ちょっと横くくり気味にして、動きが映えるようにとか――？」

「任せるね」

「うん任されたっ♪」

と、ラフィニアはせっせとイングリスの髪をいじり始める。

暫く経って――

「よーしよし、出来て来たわよ～！　いい感じじゃない？」

「うん。いいね、可愛いね」

「イングリス、ラフィニア、準備はどう？」

「少し手間取りましたが、こちらは準備できましたわよ」

レオーネとリーゼロッテが姿を見せる。

二人とも、ラフィニアと同じイングリスの後ろで踊る踊り子の衣装だ。

「二人とも、似合ってるよ。可愛いね？」

「ありがとう。イングリス程じゃないけど……ね」

「本当に絵になりますわねえ、イングリスさんは。同じ女性なのに、見とれてしまいますわね」

「ふふっ。ありがとう」

「ねえ、手間取ったって何してたの？」

「レオーネですわ。ここがきつくて――」

と、リーゼロッテはちょんちょん、と胸元を指差す。

レオーネはイングリス以上に胸が大きいので、そういう事はままあるようだ。

「……だから緩めたり解いたりして、調整していたの」

それでも布地はぴっちりと張って、窮屈そうである。

「ふう――もう少しここも痩せられると、楽なんだけど」

「……贅沢な悩みよねー」

ラフィニアが恨めしそうにレオーネの胸元を見つめる。

「リンちゃん、羨ましいからもみくちゃにしてやりなさい！」

と、頭の上にいたリンちゃんをけしかける。

「……！　こ、こらリンちゃん――！」

身構えるレオーネ。

しかしリンちゃんがレオーネの服に潜り込む前に――

すっと伸びた手が、すばしこいリンちゃんの体をむぎゅっと捕まえた。

「私が代わりにやってやる。うーん、でかい」

そしてレオーネの胸を無表情でむぎゅっとやっているのは、胸当てを身につけた騎士風衣装のユアだった。

台本の変更前はイングリス演じるマリアヴェールを巡って二人の主役が争う展開だったが、変更後はマリアヴェールとユアが演じる女騎士のユーティリスが、小国の王子マリクを巡って争う展開となる。

そして最終版、舞台上で結果の決まっていない真剣勝負を披露し、勝った方がキスシーンに臨むことになる予定だ。

「きゃあっ⁉　ユア先輩……⁉」

吃驚して飛び退くレオーネ。

「いいもの持ってるね。分けて欲しい――」

「は、はあ……」

「ですよね。その気持ちは分かります――」

ラフィニアはユアに共感しているようだ。

「あたし達、同じ持たざる者ですから！」

「そうみたい――」

胸が控えめな者同士、ぎゅっと握手を交わしていた。

「おっぱリスちゃんと並ぶと、どうしても私が見劣りする感……」

「そ、その呼び方はやめて下さいっ！」

「……インっぱいちゃん？」

「それもやめて下さいっ！　とにかく、見劣りするなんて事はありませんよ」

「うそつけ」

「そーだそーだ！　クリスやレオーネには、持たざる者の気持ちは分からないのよ！」

「「……」」

まあ確かに気付けば立派に成長していたので、成長しなかった場合の気持ちは分からない。イングリスもレオーネも、黙るしかなかった。

「あ、ユア先輩。だったら見劣りしないように、ちょっと盛ってみます？」

「？」

ユアはきょとんとしている。よく意味が分かっていないようだ。

「つまり、胸に何か詰め物をしておっきく見せるんです。それで舞台に立つ分には、同じくらいに見えますよ、たぶん」

「ほほう……？」

ちょっと興味を惹かれた様子だ。

「やってみます？」

「うん。こんな感じ——？」

と、手に捕まえているリンちゃんを服の胸元に入れようと——

ピーッ！　ピピィーーッ！

「リンちゃんが……⁉」

「喋（しゃべ）った……⁉」

声を上げるのを初めて聞いたかもしれない。

それ程（ほど）何か必死に、ユアの手から暴れて逃（に）げ出した。

「む。逃げられた」

ユアは気にしていない様子だが、リンちゃんはラフィニアに抱（だ）き着いて、ぶるぶる震えていた。

余程（よほど）ユアが怖いのだろうか？

基本的に男性には懐（なつ）かず、女の子には寄って行くのに珍（めずら）しい。

「リンちゃんどうしたの？　クリス、リンちゃんを見ててくれる？」

「うん分かった、ラニ」

「さあ、それじゃあユア先輩はそこに座って下さい」

「ほい」

「ところでユア先輩は、元々何をされていたんですか？」

衣装合わせはイングリス達で、ユアはワイズマル伯爵と稽古(けいこ)するはずだったのだが。

「ん——おっぱリスちゃんを呼びに来た。今から選ぶから」

「何をです？」

「賞品の、イケメン」

つまり、マリアヴェールとユーティリスが争う事になる、王子マリク役を選ぶという事だろうか。

——という事で、ユア曰(いわ)く『賞品』である王子マリク役の選考が始まっていた。
イングリスとしては、別に誰(だれ)になってくれても構わない。
ユアが好きに決めてくれていいのだが、ワイズマル伯爵にも参加を求められたし、何よりラフィニアやレオーネ達がどんな人が選ばれるのか興味津々で見たがっていたため、大人しく付き合う事にしていた。

ここまで十人程候補が紹介されて、それぞれが歌や踊りや特技などを見せてくれた。

主には、ワイズマル劇団に所属する役者のようだ。

他にも、シルヴァにしていたように、ワイズマル伯爵が自らスカウトして来た人もいたようだが、誰がどうかなどはよく分からない。

「……今の人でおわり、ですか？」

と、ユアは紙に何か書きながら、ワイズマル伯爵に尋ねる。

——10ばん、×

ちらりと覗き込むに、先程の人はお気に召さなかったらしい。

○と書かれている人もいて、2ばん、6ばん、8ばんがそれだ。

そして振り返って、彼等の特徴を考えてみると——

どうやらユアは、比較的線が細く、中性的と言うか、可愛らしい感じの少年が好みのようである。

だとしたら確かに、シルヴァは候補から外れるだろう。

シルヴァは美形ではあるが、雰囲気は鋭いし、年齢よりも大人びている。

「まだ一人、いらっしゃいますよ。さぁ、最後の方、どうぞ！」

ワイズマル伯爵が、候補を呼び込む。

「よろしくお願い致しますッ！　是非ともあの方と共演させて頂きたくッ！」

――レダスだった。仮にも近衛騎士団長が何をしているのだろうか。

ワイズマル伯爵に頼み込んで、潜り込んだのか。

「特技は剣術、戦闘指揮！　自慢はこの声の大きさで歌い上げる軍歌でありますッ！　それでは聞いて下さい――――！」

すう、と大きく息を吸い込んで――

「いらん。不合格」

「……ですね。わたしも賛成です」

「なっ……!?　何故ですか――――!?」

「かわいくないから」

「だそうです」

ユアが即却下してくれて助かった。

確かにレダスは、弟のシルヴァよりも更にユアの好みから外れるだろう。

かなりの偉丈夫で、武骨な雰囲気なのだ。

——この所の行動を見ていると、武骨でも何でもない気もするが。

「う、うう……！　仕方ありません、陰ながら応援させて頂きます……！」

がっくりと項垂れたレダスが、退場して行く。

「ではこれで最後ですぞ。如何です、お二人とも。誰か一緒に演じたいと思った役者はいらっしゃいますか？」

「うーん。ちょっと悩む——そっちは？」

「わたしは、ユア先輩にお任せします。2番か6番か8番の方ですか？」

「でも、ビビッと来た感じじゃないけど」

これという決め手に欠けるという事だろうか。

後ろの席では、ラフィニア達も話し合っていた。

「ね、ね。レオーネは誰が良かった？」

「え？　わ、私……？　そうね、1番の人とか、5番の人とか——」

「あー、なるほどなるほど。レオーネの好みってそういう感じなんだ～」

生真面目、かつ冷静で厳格そうな雰囲気と言えばいいだろうか。

どちらかと言うと、シルヴァやウェイン王子のような——

と言うよりも、こうかも知れない。つまりレオンの真逆、だ。

レオーネの置かれて来た環境からすれば、そうなるのも仕方がないとも言える。

「ラフィニアはどうなの？」

「あたしは3番の人とか、7番とか10番の人とか――」

「ああ、分かり易い。ラファエル様みたいな人ね」

「もしくはセオドア特使様のような――ですわね？」

「ふふっ」

その笑みは何なのだ――放ってはおけない！

「ダメ――ラニ！　昔を思い出して。大きくなったらラファ兄様と結婚するって言ってたじゃない？　そのままでいいんだよ」

まだまだそういう事に関しては、幼いままのラフィニアでいいのだ。

悪い虫の存在は必要ない。恋愛などまだまだラフィニアには早い。

「いやダメでしょ、いつの事言ってるのよ！　それじゃ変な子になるわよ、もう――！」

「あはは――ところでリーゼロッテは誰が良かったの？」

「わたくしは、4番の方や9番の方が――」

「「「えっ!?」」」

皆驚きの声を上げたのは、リーゼロッテの趣味がかなり意外だったからだ。

「あのごっつい人達がいいの？」

「何と言うか、かなり暑苦しい感じだったわよね……？」

「ええ。わたくし、男性の大きい筋肉が好きなので――」

「じゃあひょっとして、レダスさんは――？」

「悪くありませんわね。素敵ではないですか？」

「「…………」」

人の好みは色々あるものだ。

「ふむ……」

聞いていたユアが、何かペンを走らせていた。

――トンガリちゃん、しゅみわるい。

「……」

それを書いて意味があるのだろうか？

「と、ところでユア先輩。誰にするか決まりましたか？」

「うーん。みんな差が無い――」

「では、明日にでもその三人でもう一度オーディションをしてみましょうか？」

「――うん。それで」

ワイズマル伯爵の提案に、ユアは頷いた。

「ええ、ええ。では今日は、稽古の続きを――」

と――

「おーい。お願いされた機甲鳥持って来ました！　どこに置いとけばいいっすか⁉」

機甲鳥の搬入をしてきたのは、従騎士科の同級生のラティだった。

「ほーうほう！　どうもどうも、ご苦労様で御座います！　オーディションも一段落しましたし、早速お二人に機甲鳥での戦闘シーンの動きを試して頂きたいですが、如何ですか？」

「わたしは構いませんが？　戦いはいつでも大歓迎です」

「私は、マジ喧嘩は最後だけがいい――疲れるから」

「ええ、ここは台本が決まっているシーンですので、大丈夫です。結末が決まっていないのは最後の舞台中央での戦いですな」

イングリスとしては少々残念な話だが、準備運動と割り切れば悪くはないだろう。

「なら、分かりました」

ユアはひょいと立ち上がるとひょいと地面を蹴って、高い天井近くに滞空するラティの機甲鳥に飛び乗った。

正確には途中で姿がふっと歪んで、いきなりラティのすぐ側に現れていた。

「おおっ⁉　い、いつの間に――⁉　なんか途中で姿が消えたような……⁉」

「ん。運んでくれてありがと。飛び降りて」

「いや高いっす！　ここじゃ飛び降りられませんって！」

「？　虚弱体質？」

ユアはきょとんとしている。

「いや俺従騎士科ですから！　魔印武具とか持ってねーし！」

「？　私もだけど？」

「………」

ラティとしては、返す言葉も無いようだった。

「いや、そのままで構いません。本番でも操舵手を付けて、お互いの機甲鳥に飛び移ったりするアクションを入れようかと思います！　こう、ぴょーんと！」

と、ワイズマル伯爵は大げさな身振りで動きを表現してみせる。

「というわけで君！　そのままユアちゃんの操舵手をお願いできますか？」

「うぃっす！　そういう事なら任せて下さい！」

ラティの機甲鳥の操縦技術は、騎士アカデミーでも一二を争う。適任だろう。

「えぇと——じゃあイングリスちゃんがこっちに乗るんですか？　私、ラティの操縦には付いて行けませんよぉ」

そう言ったのは騎士科の同級生のプラムだ。

彼女もラティと一緒に、機甲鳥を運んで来ていたのだ。

今回のワイズマル劇団の舞台を手伝うのは主に一、二回生で、シルヴァ達三回生の先輩達はアカデミーの再建作業に専念という事になっている。

「大丈夫よ、プラム！　クリスはこっちに乗るから！」

とのラフィニアの声は、頭上から響いてきた。

——星のお姫様号にいつの間にか乗っている。素早い。

「……やっぱりそれ使うの？」

普通の機甲鳥のほうがいい。絶対に。

「使うのよ！　絶対！」

「ほーうほう。是非それで！　少女らしくて可愛らしいと吾輩も思いますぞ」

「ですがワイズマル伯爵、ユア先輩の機甲鳥と比べて浮くと思いますが」

「——だいじょうぶ。問題ない」

「何故ですかユア先輩？」

「こっちも塗（ぬ）ればいいから――あとでかわいくする」

「賛成っ！　手伝いますユア先輩！　ね、プラム？」

「はいっ！　もう一台塗っていいんですねっ！」

星のお姫様（スター・プリンセス）号を仕上げた張本人二人が、目を輝（かがや）かせていた。

「校長先生に怒られても知らないから――」

言いながらイングリスも地を蹴って高く飛び上がり、くるりと一回転をして星のお姫様（スター・プリンセス）号に飛び乗った。

踊り子の衣装と、ラフィニアが仕上げてくれた髪の毛（け）とリボンとが、華麗（かれい）な舞（まい）のようにふわりと揺（ゆ）れる。

「ほっほ！　全くイングリスちゃんは、何をしても絵になりますなぁ。吾輩、今の動きだけで既（すで）に見惚（みと）れてしまいます」

ワイズマル伯爵は満足そうに頷いていた。

「ありがとうございます」

見た目は奇抜（きばつ）だが、この人の言動からは邪（よこしま）なものは感じないので、素直に受け取ることが出来る。

「そうですね！　イングリスちゃん、とっても可愛くて、星のお姫様（スター・プリンセス）号にぴったりです！」

「うんうん、何せクリスを一番分かってるあたしがデザインしたんだから、当然よね！」

「いや、分かり合えない所もあると思うけど――」

　主にこの星のお姫様(スター・プリンセス)号の見た目について、だが。

「それでは皆さん、お互いにけん制するような感じで、客席の上を広く飛び回ってみて頂けますか！」

　ワイズマル伯爵が注文する。

「よし――そっち準備いいか？　ユア先輩も大丈夫ですかね？」

「うん。任せた」

「いいわよ！　せーの！」

　二台の機甲鳥(フライギア)が同時に動き出す。

　距離(きょり)を均等に保ち、お互いに船首を向けて睨(にら)み合うようにしながら、円弧(えんこ)の軌道(きどう)を描(えが)く。

「これだけだと、単純過ぎて見栄(みば)えがしねえ――もっと派手に行こうぜ！　ついて来てくれよ！」

　ラティの駆(か)る機甲鳥(フライギア)の動きが更に複雑化。

　限りのある空間の中で、ぐるりと縦に大回転をしたり、波打つような複雑な飛行軌道を描いてみせたり。この室内での事なので、より迫力(はくりょく)が際立つ。

「くっ――やるわねえ！　性能なら星のお姫様号の方が勝ってるのに……！」

ラフィニアが舌を巻くくらい、ラティの技量は見事なものだった。

だが、まだこれでは機甲鳥で飛び交っているだけ。

これに肉弾戦を織り交ぜて、更に迫力あるシーンにせねばなるまい。

「ユア先輩！　お互いに機甲鳥から飛び出して、空中戦の動きを試しましょう！」

「うん――とう」

ユアは何でもない感じで宙に身を躍らせる。

椅子やベッドから下りるくらいの、気軽さである。

「はあっ！」

イングリスもユアを追って飛び出す。

空中で、お互いの距離が肉薄する。

「ユア先輩、拳を！　軽く見せる感じで構いませんので！」

「ほい」

ドガッッ！　ドゴゴゴゴッ！　ドゴオォォォン！

お互いの拳打がぶつかり合い、盛大な打撃音が壁や天井に反響して響き渡る。

「蹴りの反動で、機甲鳥を入れ替わります！」

「ん」

バキイイイイイイッ！

イングリスとユアの蹴りが交差。再び衝撃音。

二人は力の反動を利用し、互いに逆の機甲鳥に飛び、見事に着地。

「ほっほほぅ！　これは凄い迫力ですぞ――！　素晴らしい！」

「確かに、これは見応え十分！　いい舞台が出来るぞ――！」

「俺達には到底できない動きだ！　騎士アカデミーに協力して貰えて良かったなぁ！」

ワイズマル伯爵や、劇団の他の役者達も満足気である。

自然と拍手が沸き起こっていた。

「ははは……あんな動き見せられたら、こっちが霞んじまうぜ」

「そんな事ないよ、ラティの操縦は凄かったよ」

言いながら、ユアが乗り移った星のお姫様号に目を向けると――その船首から突き出した細い砲門(ほうもん)に魔術光(まじゅつこう)が収束しようとしていた。

「!?」

ユアが操縦桿(そうじゅうかん)に掴(つか)まっていて、そこから光が発生しているようだった。

「ええっ……!?　な、何これ!?　ユア先輩、これは……!?」

「いや。知らん」

「ラティ、逃げて！」

バシュウウウウゥゥゥウンッ！

高速の魔術光が、ラティの駆る機甲鳥(フライギア)へ向けて発射された。

「どわあぁぁあぁぁあっ!?」

間一髪(かんいっぱつ)、ラティが舵(かじ)を切って星のお姫様号(スター・プリンセス)から発射された光を避(さ)ける。

これで大丈夫——なのはいいが、それだけで済ませるのは勿体(もったい)ない。

「はあっ！」

イングリスはラティの機甲鳥(フライギア)から飛び出すと、壁を蹴って勢いを増しつつ、光の軌道に先回りをする。

そして――掌をかざして魔術光を受け止めた。

バヂイイイイイッ――――！

イングリスの行動が予想外だったようで、皆驚いていた。

「「「な……!?　受けた!?」」」

「ちょ……!?　く、クリス大丈夫――!?　煙が出てるわよ!?」

「うん。ちょっと熱いけどね」

「火傷したらどうするのよ？　避けられてたのに――！」

「いや、やっぱり攻撃は避けるより受けた方がいいじゃない？」

あれは故意ではないにしろ、間違いなくユアの力が込められたもの。興味を惹かれたのだ。

「いやいや、その理屈はあたしには分からないわよ」

「じゃあ、壁が壊れて怒られるのも嫌だし？」

「まあそれなら理解可能ね――」

「ごめん。わざとじゃなかったけど――」

ユアもきょとんと首を捻（ひね）っている。

「いえ。きっと、その星のお姫様号（スター・プリンセス）の機能が暴発したんです」

星のお姫様号（スター・プリンセス）は天上人（ハイランダー）用の機体を鹵獲（ろかく）したもの。純粋（じゅんすい）な天上人（ハイランダー）仕様である。

イングリスとラティが協力して調べた所、騎士アカデミーが保有しているものには無い機能も有している事が分かっている。

それが今の、魔術を増幅（ぞうふく）して船首砲門から発射する武装だ。

これは魔印武具（アーティファクト）と違（ちが）って自動的に魔素（マナ）の流れを制御（せいぎょ）する仕組みは持っていない。

だから少なくとも、自分自身で魔術（まじゅつ）やそれに近い力を発動できる必要がある。

ゆえに天上人（ハイランダー）用の機能なのだが、ユアは特別なのだ。

前に素手（すで）の手刀で魔石獣（ませきじゅう）を切り裂（さ）いた事があったが、魔術的な力を肉体に纏わせて具現化できるのかも知れない。

例えばイングリスが使う霊素殻（エーテルシェル）を、魔素（マナ）で行うようなものだ。

ユアの場合、単なる魔素（マナ）ではなく、非常にその動きが見え辛（づら）く、強いという特徴もあるが。

だから今の光の威力（いりょく）も一見して感じた予想以上に威力が高く、受けた掌が少々ヒリヒリしていた。

ユアの様子から故意ではなさそうなので、彼女は常に魔術的な強化状態にあるのかも知れない。その力が、意図せず砲門に流れ込んでしまい発射されたのだ。

「やばそう。私これに乗らないほうがいいね」

ぴょんと飛び降りる。かなり高い天井に近い位置からだが、すたんと実に軽く着地していた。

「そうですね！　やはり普通の機甲鳥（フライギア）がいいですよ」

ならばあの可愛（かわい）らし過ぎる星のお姫様号（スター・プリンセス）で大勢の前に出なくてもいい。

「ダメよ！　どっちにしろ色は塗るからね！」

と大声を出したから、というわけではないだろうが――

ぐらり、と星のお姫様号（スター・プリンセス）の船体が大きく傾（かたむ）いた。

「えっ⁉　ウソ、機関停止⁉」

急に武装を起動したせいで、機関部に故障が発生したのかも知れない。

浮力（ふりょく）を失い、星のお姫様号（スター・プリンセス）が落ちて行く。

その真下にいたユアは――

「ん。いかん、ずれた」

何がと言うと、ラフィニアが仕込んでくれた、胸を大きく見せるための詰め物だった。

それに気を取られて、ユアは全く無警戒の様子である。

「あ、危ないっ！」

そんなユアを押し退けて助けようと、人影が飛び出して来た。

こちらと歳もそれほど変わらない、少年のようだ。

ワイズマル劇団の関係者のようだが、勇気のある行動と言える。しかし——

どんっ！

ぶつかっただけで、ユアはビクともしない。

少年は単にユアに抱き着いただけのようになってしまう。

「え、ええ……!?　動かない——!?」

「ん？」

少年が驚愕に目を見開き、ユアはきょとんと首を捻る。

「ユア先輩、危ない避けてええええっ！」

そこにラフィニアの悲鳴が。

「おっ？」

ばしっ！


ユアは落ちて来る星のお姫様号を、片手で無造作に受け止めていた。

小柄で華奢な体に似合わない、その怪力。流石だ。

イングリスも受け止めに回り込もうとしていたが、その必要は無かったようだ。

「あ、ありがとうございますユア先輩。助かりました！　落ちたらこの子も壊れちゃう所だったし……！」

「うん。胸パッドの借りは返した」

「ラニ、怪我は無い？」

「うん大丈夫よ」

「で――何してるの？」

と、ユアはまだ腰に抱き着いている少年に顔を向ける。

「あ、あはは……通りかかったら、それが落ちて来るのが見えたもので――一応助けようと……あはははは――」

まさかこの少年も、この華奢なユアがビクともしないとは思わなかっただろう。

とその時、ラティが声を上げる。

「ん……!?　お、おい！　お前ひょっとしてイアンか!?　イアンだよな!?」

「あ、本当だイアンくん！　久し振りですっ！」

知り合いなのか、ラティとプラムが大きな声を上げた。

「え……!?　あ――お、おうじ……!?」

「……!?　おい……！」

「「「おうじ？」」」

皆に聞かれて、イアンと呼ばれた少年は慌てて首を振る。

「あ、いえ何でもないんです……！　お、お久しぶりですラティ君、プラムちゃん！」

「でも、今王子って言ってたわよねえ？　クリス？」

「うん、そうだねラニ」

「わー!?　何でもないんです、ごめんなさい！　本当に何でもないんです！」

「……ひょっとして、王子様の役、やりたい？」

と、ユアはイアンに尋ねる。

「あ、そ、そうなんです！　道具係として劇団には入らせて頂きましたが、舞台にも立ってみたいなあと思っていて……！」

「うんいいよ。採用」

ユアは即答し、ぽんとイアンの肩に手を置いた。

その無感情な瞳が、今はちょっと輝いている。

よく見るとイアンは少女のように中性的な、綺麗な顔立ちをしているのだった。

これは恐らく――ユアの好みのタイプのど真ん中なのだろう。

「おじさん。私、王子様の役はこの子がいい」

「ほうーうほう！　では、イアン君にマリク王子役をお任せするとしましょうか！」

ワイズマル伯爵は、ユアのお願いにあっさりと頷いた。

「えええっ⁉　そんな簡単に決めていいんですか……⁉　僕なんて演技は素人ですし、先輩方もいるのに――」

イアンは吃驚して声を上げる。

「主演女優の希望で御座いますからな。なあに大丈夫です。今回の舞台はイングリスちゃんとユアちゃん無くては成り立ちませんし、お二人も普段は騎士アカデミーの学生さんですから、舞台経験は少ない。元々通常とは異なる特殊な公演なのですよ。ですから、君が入っても今更問題にはなりません。イングリスちゃんも、それでよろしいですか？」

「ええ、構いません」

元々相手役はユアが決めてくれればそれで良かった。問題はない。

「で、でも……！」

「イアン君。吾輩は君の役者としての素質にも注目しておりますぞ。君は経験を積めば、きっと花形になれます。ユアちゃんも、そう思われるからこそ君を指名した――そうですよね、ユアちゃん？」

「？　よく分からないけど、顔がいいから」

まあユアに役者の素質を云々しても、まともな返答は返ってこないだろう。

「……つまり華があるという事ですぞぉ！　自信を持って挑戦しましょう、イアン君！」

「は、はぁ……」

「いいんじゃないか、やってみれば？　何でお前がこんな所で劇団に入ってるのかは知らねえけど――出来る事が増えるのはいい事だし、必要にされるのはもっといい事だ」

と、見ていたラティがイアンの背中を押した。

「お……あ、いやラティ君――わ、分かりました。僕、やってみます！」

「では、決まりで御座いますな！　では早速稽古を行いましょう！　まずは台本の読み合わせから！」

ワイズマル伯爵が宣言をし、本格的な稽古が始まる事になった。

そして、その日の稽古が終わった後――

「で、さ。そもそも何でお前がこんな所にいたんだ、イアン？」

ラティはそうイアンに尋ねる。

「あ、イアンは俺とプラムの地元の友達でさ」

と、ラティはイングリス達に説明する。

「じゃあ、北のアルカードの――？」

ラティとプラムは、北の隣国アルカードからやって来た留学生だ。

その地元の友達という事は、イアンもそちらの出身という事である。

「ああ。俺達と違って行儀のいい貴族なのに、何で劇団に――？」

「私を一緒にしないでください。私は行儀いいですからね？」

と、プラムが横から口を挟む。

「うるせえなあ、今はそういう事言ってる場合じゃねえだろ。話の腰を折るなよな」

「だってちゃんと行儀見習いにも通いましたもん、誰のためだと思ってるんですか？」

「し、知るかよ……！　今俺はイアンと話してるんだよ！」

「ふふふっ。相変わらずラティ君とプラムちゃんは、仲がいいですね？」

「い、いいんだよその話は！　で、どうなんだよ？」

「実は――僕の帰る所はもうないんです……」

イアンは俯いて、少し震える声でそう言った。

「え……!?　ど、どういう事だよ!?」

「何があったんですか、イアンくん……!?」

ラティとプラムが顔色を変える。

「魔石獣です……！　巨大な魔石獣が、僕の家の屋敷も、領地も、家族や街の人も、全て滅ぼして――それだけでなく、王都にも大きな被害が出ました。幸い王家の方々は皆さんご無事でしたが……」

「な……!?　た、確かに最近、魔石獣の数は増えてたけど……！」

「そ、そんなに強い魔石獣が現れるなんて――！」

「……クリス、ひょっとして――」

「うん。虹の王かな……？」

ラティ達の国、北の隣国アルカードは雪国で、住むのに厳しい土地柄の代わりに、虹の雨が比較的少ないという利点もある国だ。

無論魔石獣の脅威が全く無いというわけではないが、比較的被害は少ないため、天恵武姫もいないはず。

それだけに天上領(ハイランド)への依存度(いぞんど)は低く、天上領(ハイランド)側も痩(や)せた寒冷地をさして魅力的(みりょくてき)と思わないのか、積極的な介入(かいにゅう)はしていないようだ。

周辺一帯で一番豊かなのは、明らかにイングリス達のこの国、カーラリアだ。

だから天上領(ハイランド)側の二大派閥共にこの国を重視し、影響力(えいきょうりょく)を及(およ)ぼそうとして来た背景がある。

「あれが伝説の虹の王(プリズマー)かどうか、僕には分かりません。ですが、虹色(にじいろ)に輝いているようには見えました――」

「くっ……アルカードには天恵武姫(ハイラル・メナス)なんていねえ。あんなのが現れたら、ひとたまりもねえはずだ……！」

「でも……でも、イアンくんが無事でいてくれて良かったです――それだけは、本当に……」

プラムは涙(なみだ)ぐみながら、イアンの手を強く握(にぎ)っていた。

「ああ。よく無事でいたな、イアン」

「ありがとう、ラティ君、プラムちゃん――その後、途方(とほう)に暮れていた僕を拾ってくれたのが、ワイズマル伯爵でした。元々芸術は好きでしたし、劇団の皆さんの活動に触(ふ)れていると、気も紛(まぎ)れます」

「ご、ごめんな俺……そんな事があったなんて何も知らずに、無責任に色々言って――」

「いえ、気にしないで下さい。ラティ君に会えて、背中を押して貰えて、前向きになれましたから」

そんな彼等の様子を見て、ラフィニアは唇を強く噛んでいた。

ラティ達には聞こえないくらいの小声で、呟く。

「……悔しいわ。何もしてあげられない――」

「……優しいね、ラニ。でもそれは仕方ないよ」

もう起きてしまった事。

それも自分の見ていない、遠い異国での出来事なのだ。

今この瞬間にも、どこかで誰かが魔石獣に襲われて命を落としているだろう。

それが、虹の雨が降るこの地上で生きるという事である。

それを割り切らず、遠い異国の事にまで悔しさを滲ませるラフィニアの心は立派だ。

気高く、慈悲深く、そして強い。

本来必要のない痛みまで、自分の痛みとして受け入れようとするのだから。

それを幼さゆえの純情と切り捨てるのは簡単だが、結局はそういった純粋さを手放さずに持ち続けた者こそが、多くの人の心を動かして、そして世の中を動かして行くもの。

イングリスはその事を体験的に知っている。

だから保護者目線では、このまま見守ればいいのだが――

いずれ『世界中の人々が平和に暮らせるように、虹の雨(プリズムフロウ)を止める！』などと言い出しそうで怖(こわ)い。

イングリスとしては、大自然の力が勝手に強敵を生み出してくれる虹の雨(プリズムフロウ)は好都合なのだが――無くなるとそれはそれで困る。

ラフィニアが望むならば無論手伝うが、周囲に迷惑(めいわく)をかけない前提で自分に必要な分だけ残しておいてもらう事は可能だろうか？

そういう融通(ゆうずう)が利(き)くのかどうかは、全く分からないが。

「よしよし」

と、ユアがトコトコとイアンに近づき、頭を撫(な)で撫でした。

「え、ええと……？　ユアさん？　何を――」

「なぐさめてる。効果ない？」

「ユア先輩、子供じゃねーんですから――」

呆(あき)れ顔(がお)のラティである。

「じゃあ、予定より早いけどキスしてあげたら元気出る？」

「えええっ⁉　な、何を言っているんですかユアさん……⁉　そんなはしたない……！」

と、イアンは顔を真っ赤にしている。随分初心な性格をしているようだ。

慰めにはならないかも知れないが、少なくとも気は逸れただろう。

「でも、どうせする事になるよ？　最後にキスシーンあるから、劇に」

「えええっ⁉　あ……！　ほ、本当だ――！　ぼ、僕がこれを……⁉」

台本の最後のほうを捲って、イアンは声を上げる。

練習の読み合わせは最後まではやらなかったので、まだ把握していなかったらしい。

「ね？　だから今でも一緒」

「いけませんっ！」

と、イングリスが鋭くユアを制止した。

「む……？」

「それはあくまで舞台の上での事――今はいけませんっ！」

何故なら今ここでユアを満足させてしまったら、本番で戦いたくないと言い出したり、本気を出さない危険性があるからだ。

それではせっかくここまでお膳立てを整えた意味がない。

ここは絶対に止めておかなければ。

「とりあえず、あんまりふざけないでやってくれよ、こいつ、傷ついてるんだからさ」

「そうだぞ」

と、ユアはぽんとイングリスの肩を叩く。

「ええっ⁉　わたしだけですか……？」

「うん。私は真面目に言ってたし」

「いや、わたしも真剣でしたが――」

「どっちでもいい！　とにかくさ、頼むよ。大事な友達なんだ」

「ラティ君、そんなに怒らなくても大丈夫ですよ」

イアンは少し可笑しそうに、微笑んでいた。

「イアン――？」

「僕ももう新しい生き方を見つけて、生きて行かなければいけません……でなければ、家族や僕達に近しい人たちも、報われませんから――皆さんは明るくて、楽しそうです。僕も一緒に過ごさせて頂ければ、見えてくるものがあると思います。どうか気にせず、これからよろしくお願いします」

「よろしく！　明るくするのは得意よ！」

ラフィニアが前に進み出て、イアンに笑いかける。

前向きになろうとするイアンを応援したい、とその表情が言っている。

イアンの迷惑にならなければ、それを止める理由も無いだろう。

「あたしはクリスの後ろで踊ったりするだけの脇役だけど、クリスが何か無茶やって迷惑かけたらちゃんと叱るから、何でも言ってね？」

「は、はあ……わ、わかりました。ありがとうございます」

それを見たユアが、ラフィニアを指差しながらイングリスに顔を向ける。

「――保護者？」

「ち、違います！　わたしの方が、ラニを見守る立場です」

「そうなんだ？　見えないけど――？」

「それは気のせいです。わたしは将来のラニの従騎士として、ラニの生活態度から戦場での立ち振る舞いまで、全てを見守っています」

と言っているうちに、イアンがラフィニアに返事をしている。

「ですがあのお綺麗でお淑やかそうなイングリスさんが、何か無茶をするなんて――そんな風には見えませんけれど？」

「「「いや、それはない」」」

その場にいる全員が、一斉に口を揃えた。

「え、ええ……!?　そんなに――?」

「…………」

確かに、やりたいように楽しんでいる面はあるけれども。

だが、別にそれが無茶な事だったとは思っていないのだが――?

「お前さっきの直前まで別の所にいて、見てなかったんだな……まあすぐ分かるぜ。とにかくお前がいいなら、俺は応援してるぜ」

「はい。ありがとう、ラティ君」

イアンはラティに、柔(やわ)らかい微笑みを向けていた。

第4章 ♦ 15歳のイングリス　ふたりの主演女優　その4

それから数日――イアンは早速自分のイングリスへの認識を改める事になっていた。

ドドドドドドッ！　スガガガガガッ！　バキイイイイイッ！　ドガアアアアンッ！

客席の上に浮かぶ多数の機甲鳥の船体を飛び移りながら、イングリスとユアが格闘戦を繰り広げていた。

物語終盤の、戦場のシーンだ。

劇中の筋書きとしては、イングリス演じるマリアヴェールは今でこそ巷で人気の踊り子ではあるが、出自は騎士の名家の令嬢。

元々マリク王子とは幼馴染みで婚約者の間柄であったが、10歳の頃に家が没落し婚約は解消。その後七年間各地を放浪し、異国の地でその土地の領主を任されることになったマリク王子と再会する事になる。

現在のシーンは、元々騎士としての訓練を積み、素質も十分だったマリアヴェールが、戦で不利に陥って命が危ないマリク王子を助けに向かう場面だった。

恋敵でもう一人の主役であるユア演じるユーティリスは、マリアヴェールとの婚約が解消されてしまった後にマリクに仕えるようになった女騎士だ。

救援に向かおうとするマリアヴェールと、それを止めようとするユーティリスが対立。

マリアヴェールが自分の腕を認めさせるために、ユーティリスと腕試しをするという流れだ。その後は、お互いの腕を認めた二人が協力してマリク王子を救出。

最後に負けた方が身を引くという約束で、本当に筋書きの決まっていない真剣勝負が展開される最大の見せ場がやって来るというわけだ。

高速で動き回る二人の動きは目まぐるしく、華麗で、そして異様なまでに力強い。

それはもう、響き渡る重そうな打撃音からも明らかである。

「す、すごい――これがラティ君の言っていた意味……！」

呆気に取られてイアンは呟く。

二人の動きを追おうと、上下左右に首を動かすのが忙しい。

「だろ？　あれのどこがお淑やかだ？」

イアンの隣にいたラティが、そう問いかける。

ラティはプラムと共に、劇中に登場する機甲鳥の操舵手として参加する事になった。
今は練習のため、機甲鳥の操縦はプラムに任せていた。

「はは……そ、そうですね――どちらかと言うと、綺麗な薔薇には棘がある……ですね」

「それなら頷けるわな」

「それにしても、あのお二人は、魔印も魔印武具も持っていない生身のように見えますけど……凄いですね――」

「だろ？　あの二人、あのまま魔石獣も倒せるんだぜ」

「えぇっ⁉　魔印武具無しでですか……⁉」

「ああ。実際見たやつがいるからな」

「ど、どういう力なんですか、それは――？」

「分からん！　でも、世の中は広いよなぁ。あんな奴らがいるなんて――」

「アルカードでは、魔印武具すら少なかったですしね……」

「ああ、そうだな――」

その状況を放置してきた事は、アルカード国王の怠慢とも言えるかもしれない。
しかし、寒冷地で作物の豊かでないアルカードにとって、潤沢な魔印武具や守り神たる天恵武姫が手に入るだけの物資や作物の献上は、非常に難しいという現実がある。

天上領は、地上の事情など考慮してくれない。

無理をして魔印武具や天恵武姫を手に入れても、肝心の国民が殆ど飢え死にをして、国が滅びては本末転倒だ。

「彼女達のような人が、アルカードにもいてくれれば――いえ、過ぎた事ですね。今は他の事は考えず、精一杯この舞台を勤め上げないと……ですね」

「ああ、そうだな……」

と、ワイズマル伯爵が甲高い声でイングリスとユアを称賛する。

「ほぅほぅ！　ほほほぅ！　以前にも増してスンバラシィ～！　吾輩、お二人の動きを追おうとあちこち首を動かし過ぎて、首の後ろが攣ってしまいました！　あいたたた……心地好い痛みですぞぉ！　では次はマリク王子のシーンに移りましょう、イアン君、舞台上にお願いします」

「はいっ！」

進み出るイアンと入れ替わりに、イングリスとユアは舞台袖へ。

「ユア先輩、お疲れ様です。お水をどうぞ」

休憩用に置いてある水差しから、コップに水を汲んでユアに手渡す。

「ありがと。別に疲れてないけど――ね」

「おお……！　やる気満々ですね？」

ユアにしては珍しい発言だった。

いつもすぐ、つかれた、めんどくさい、ねむいなどと言い出すのだが。

「なんか最近、体の調子いいから――ね」

「それはいい事ですね。前の事件の事がありましたから、後遺症が無いか心配していました」

前の事件で、ユアは虹の王の体内に吸い込まれてしまっている。

それが何か悪影響を及ぼさなければいいと思っていたが――何も無いならば結構だ。

「うん平気」

「ところでユア先輩、前から聞きたかったのですが――」

「何？」

「本気で戦っている時のユア先輩は、恐ろしく巧みに流れを隠して、悟られないようにしていますよね？　あれはどういった技術なのですか……？　もしよろしければ、少しだけでも教えて頂ければと――」

あそこまで魔素の痕跡を隠し、悟られないように動くのは、凄まじい技術力だ。現状、とても真似は出来ない。

学べるものは何でも学んでおきたい。それが新たな自分の力となってくれるはずだ。

「別に——隠してない」

「え？ ですが明らかに……」

答えたくないのかも知れないが、ここは食い下がってみる。

「溶(と)け込んでるだけ」

どうやら、答えたくないのではなく、イングリスの感覚とユアの感覚が違ったらしい。

「？ 何にですか？」

「世界に」

「世界に……？」

「うん。世界に還(かえ)れって、お父ちゃんが言ってた」

「……なるほど、つまり世界の——自然の力の流れに乗るという事ですか」

世界には、自然には、実は様々な力の流れが満ち満ちている。

行く道を照らす光。頬を撫でる風。大地を育(はぐく)む雨。文明を生む炎(ほのお)——

そういった自然のものの中にも、魔素(マナ)の流れは存在している。

それを深く突(つ)き詰(つ)めると、すなわち霊素(エーテル)の流れとなるわけだが。

魔素(マナ)や霊素(エーテル)を認識する感性を持つ者にとっても、自然の中に流れるそれをはっきりと意識し、流れを掴む事は難しい。

何故なら、この世界に生きる者にとっては、世界の力の流れはまさに自然。

当たり前のものとして感じてしまうからだ。

自然の流れではない、個人が身に纏う力や、以前ノーヴァの街で見た浮遊魔法陣のような強制的に歪められた流れは分かり易いのだが――

ユアの場合、その場に流れる自然の魔素の流れに紛れつつ力を行使する術を身につけているのだ。

自然の当たり前の力の流れを、当たり前と感じて問題視出来ない感性が、ユアの動きへの対応を鈍らせるのだ。

イングリスも、あえて視界を断って魔素の流れだけに感覚を集中させないと反応が難しかったほどだ。

「うん。たぶん――」

「素晴らしい技術ですね……！　お父上はどのような方なのですか？　出来るならわたしも、ユア先輩と同じ修業をしてみたいのですが――！」

ユアと同じ領域の技術を身につける事が出来れば、霊素を操作する技量にも確実に好影響が出るはず。

血鉄鎖旅団の首領、黒仮面は、自らの霊素の波長を操作し、イングリスの霊素と反発する性質に変え、こちらの攻撃を全て弾いて防御するという奥の手を使って来た。

今まで通りでは、黒仮面のあの守りを突破する事は出来ない。

ユアのこの柔軟性を極めたような技術は、あれを破る鍵になってくれるかもしれない。

是非とも学んでみたい――！

「どんな人かって？」

「ええ。ぜひ、お会いしてみたいのですが……！」

「うーん……顔、忘れた」

ユアは衝撃的な一言を放った。

「ええええっ……!?」

親の顔を忘れたと言うのか。流石に吃驚して声を上げてしまった。

もしかしたら、あまり関係が良くないか、あるいはもう亡くなっているとか、いろいろ事情があるのかも知れないが――

それを隠すためにしろ、そんな理由を付けるだろうか？　衝撃的過ぎる。

いやしかし、ユアなら言いかねないかも知れない。

「あれ？　おかしい？」

「え、ええ。と、とても……」

「そう？　ならお父ちゃんじゃないのかな――？」

「いやいやいや、それをわたしに聞かれましても……と、とにかくお会いするのは難しいという事でしょうか……？」

「かな？」

聞かれても、困るのだが――

「さあでは次は、マリク王子とユーティリスのシーンに行きますぞぉ～。ユアちゃん、こちらへ――！」

「あ、はい」

と、トコトコとユアは舞台中央に進み出ていった。

「うーん……」

これはユアの師匠らしき父親に稽古をつけて貰うのは難しいかも知れない。

となれば、自分でユアの技術を盗んで、身につける他は無い。

早く本気のユアともう一度戦いたいところだ。本番が待ち遠しい。

と、舞台袖に留まっていたラティが話しかけて来る。

「よう、イングリス。ユア先輩、何か凄い事言ってたなぁ……」

「聞いてた？　お父さんの顔忘れたって――」

「ああ、すごいな――」

「うん……」

「あの調子で台本なんか覚えられるのかと思いきや――」

「……意外とちゃんと覚えてるよね――」

マリク王子とのシーンの練習をするユアは、台本を手にせず、ちゃんと台詞が頭に入っているらしい。

演技自体も意外としっかりしていて、見ていて特に不安を感じない。

マリク王子役のイアンもちゃんとしていて、むしろイングリスが二人の足を引っ張らないように気を付けねばならない程だった。

「なあイングリス、あのさ――」

「うん、何？」

「イアンの事だけどさ、これプラムや他の奴には言わないでくれよ……？　何か変な所とかって感じねえか？」

「……しっかりした人だと思うけど――？　何か気になる所があるの？」

「ああ……俺はあいつの事はよく知ってるつもりだ、幼馴染みだからな。あいつの性格なら、領地が滅ぼされて、王都にまで大きな被害が出たって言うなら――そこに残って、復興を手伝うと思うんだ。自分一人だけ、劇団に入ってこんな所にいるなんて……いやそれが悪いって言うんじゃないけどさ、何か違和感があるんだ……」

「――言えない事情があるのかも知れないね。無理に詮索せずに、そっとしておいた方がいいよ？　余計に辛い思いをさせるかもしれないから。話せるようになるまで、何もしないで待ってあげるのも気遣いだと思う」

「……そうだな。分かった」

ラティはイングリスの言葉に頷いていた。

きっとその方がいい――素直に頷いてくれたのは助かる。

「それでは次、マリアヴェールの舞踏シーンの練習と参りましょう！　イングリスちゃんこちらへ！　ラフィニアちゃん達もお願いしますぞぉ～」

「はい」

イングリスが入れ替わりに舞台中央に出て、それまで見学していたレオーネとリーゼロッテもやって来る。

「あれ？　ラニは？」

「さっきから、帰ってこないわね――大事な用だって言ってたわ」

「すぐ戻って来ると仰って、行ったきりですわ。何か聞いていませんの？」

「あ、ひょっとして……！」

とイングリスが声を上げると同時に——

「たりゃいま～」

両頬をリスのように膨らませたラフィニアが戻って来た。

何をしていたかは一目瞭然だ。

「あひゃよひゃっひゃ、みゃにゃにゃっらふぁふぁ（ああよかった、間に合ったわね）」

「ラニ……一人だけつまみ食いしに行ってたね——」

ちょうどお昼が近くなって来て、劇団の人達が昼食の準備を行っている時間なのだ。

我慢し切れずに、こっそり抜け出して食べに行っていたようだ。

ずるい。イングリスもそろそろお腹が空いて来たのを我慢していたのに。

「ふぉい。こりゃれきょきょふぁんりゃ（はい。これで共犯ね）」

ぱく。

ラフィニアは手に持っていたお肉をサンドしたパンをイングリスの口に突っ込んだ。

「みょー。しょふぉふぉにゃいにゃ（もう。しょうがないか）」

「ほっほほう。若い子はよく食べませんとですなぁ～。二人ともよく食べて、吾輩に良い演技を見せて下さいませ」

しかしそんなイングリスとラフィニアにも、ワイズマル伯爵は寛容だった。

「……ワイズマル伯爵って大らかよね」

「ですわね。まるでお怒りになりませんもの。ひょっとしたら校長先生よりも――」

レオーネとリーゼロッテはそう囁き合う。

ミリエラ校長も物腰柔らかく、穏やかで優しいのは確かだ。

だが物事には限界というものがあるし、イングリス達はたまにそれを踏み越える。

舞台の稽古中のこの態度は、怒られる時は怒られるような気もするのだが――

「ほぅほぅ。吾輩、人にはそれぞれその人に向いた伸ばし方があると思うのです」

と、聞こえたらしく、ワイズマル伯爵はレオーネ達に囁く。

「叱って伸びるタイプ。褒めて伸びるタイプ――様々ですが、あの二人は、さしずめ食わせて伸びるタイプで御座います。お腹さえ満たして差し上げれば、いいものを見せて下さいますから、食べさせ甲斐があるというものですなぁ」

「……動物みたいね」

「そ、そうですわね……猛獣使いが飼っている猛獣さんですわ」

「ほんとね」

「笑ってはいけないんでしょうけれど……」

ちょっと可笑しくなって、レオーネとリーゼロッテはくすくすと笑い合う。

「ん……よし！」

「お待たせしました、やりましょう」

イングリスとラフィニアが、もぐもぐするのをやめた。

「そうですか、そうですか。では皆さん、美しいダンスをお願いしますぞぉ～」

ワイズマル伯爵に促され、イングリス達は整列する。

イングリスが前に立ち、その後ろに三人が並ぶ隊列だ。

そしてワイズマル伯爵の手拍子に合わせて、様々に位置を変えながら、教えられた振り付けを演じて行く。まだ練習を開始してから日は浅いが、振り付けは完璧だった。

「いやぁ素晴らしいですぞぉ、皆さん！　まるで天から舞い降りた女神達！　その調子ですぞ～！」

興奮気味なワイズマル伯爵の声援が飛ぶ。

「ふふっ。あんなに褒められると悪い気はしないわね」

「そうだね」

「ちょっと恥ずかしいけど、いい息抜きになるかも知れないわね」

「ええ。せっかくですから、ここは楽しんでしまいましょう」

踊りながら、そう囁き合う余裕もある。

四人とも特に踊りに造詣が深いわけではないが、全員が騎士アカデミーで人並み外れた訓練を日々積んでいる身だ。

身体能力に関しては、イングリスだけでなく全員が、常人のそれを遥かに上回っているわけで、あっという間に正規のワイズマル劇団の役者達を追い抜く水準にまで達していた。

指先から爪先まで、四人の動きを揃えて、しなやかに。

激しい動きに皆の髪が揺れ、服が揺れ、細かな衣擦れの音まで聞こえる。

最後にイングリスが一人で前に出て、激しいステップを繰り返してからぴたりと見得を切ると、頬をすうっと汗が伝って、ぽたりと床に落ちた。なかなか激しい動きだ。

「はい！　いやぁ、皆さんよかったですぞぉ～！　もうこのシーンに関しては言う事がありませんな！」

「ホントにみんな綺麗でした……！　私ちょっと憧れちゃいます……！」

ワイズマル伯爵は満足そうに頷き、見学していたプラムは目を輝かせる。

「お前は混ざろうなんて考えるんじゃねえぞ？　足引っ張るのがオチだからな」

「むー。そりゃあ私はイングリスちゃん達ほど可愛くありませんけど……！」

「いや別にそうは言ってねえだろ？　そういうのは人それぞれだ」

などとよく見るやり取りが交わされる中、別方向から拍手が聞こえる。

「いやはや素晴らしい！　流石お美しいですぞイングリス殿おぉおぉっ！」

「あ、レダスさん――」

いつの間にか客席にレダスが陣取っており、感涙しながら激しく拍手をしていた。

それだけでなく、今日は他に何人も、近衛騎士団の騎士達がいた。

「すげえ綺麗だったなあ……！」

「ああ、あの時とはまた違って――思わず見とれたよ」

「他の娘達も可愛かったし、いいものを見られたなぁ……！」

騎士達にも、イングリス達の踊りはすこぶる好評のようだった。

しかしそれは、さして重要な事ではなかった。

拍手をしている騎士達の中に――

「うむ。これは見事な芸術よ――本番が楽しみだな。王都の民達も紛れ、日常を取り戻す事ができよう」

「……！　国王陛下――」

カーリアス国王まで、笑顔で拍手をしているのだった。

「あ、ホントだこ、こんな所に……！」

「ええっ⁉　国王陛下に見られていたの――⁉」

「ま、まあ……！」

ラフィニア達も吃驚している。

「ほうほう！　おやおやこれは国王陛下！　ご見学ありがとうございます！　本番も是非ともご覧になりに来てくださいませ！　吾輩共の傑作をお見せできると思いますぞぉ！」

「うむ。そうしよう。そなたに王立劇場の使用許可を出して、正解だったようだな」

カーリアス国王は、そう言って頷いたのだった。

「こ、この国の国王陛下が見に来られるなんて……た、大変だ――」

イアンは顔を青くして、一気に緊張が高まった様子である。

そしてユアは――

「だれ、あのおっちゃん？」

「………」

きょとんとして、イングリスに尋ねて来るのだった。

イングリス達がワイズマル劇団の公演のために稽古を始めて、暫くの期間が過ぎた。

もう本公演の開始も間近だ。

その間、イングリス達の食事は劇団の方で用意してくれて、非常に有り難かった。

そしてついに――

「と、とうとうこの日が来たわね、クリス――！」

「うん。長かったね、ラニ――！」

イングリスとラフィニアの瞳には、うっすらと涙が浮かんでいた。

「ここまでよく頑張ったわよね、あたし達……！」

「うん。自分で自分を褒めたい……！」

これまでのお互いの忍耐の日々に思いを馳せて、健闘を称えてぎゅっと抱き合う。

再建された、騎士アカデミーの新校舎。まだまだ工事中の部分も多いが――

二人の前には、食堂の入り口の扉があった。今日から再開になるのだ。

いても立ってもいられず、営業開始前からこうして待機している。

もうすぐだ、もうすぐ待ちに待った時が――

「いや、泣く程の事なのかしら――」

「そもそも、食堂が開いていない間は、劇団の賄いを散々食べていたではありませんか」

レオーネとリーゼロッテは、少々呆れ気味だ。

「メニューが少なくても、我慢してたもん！」

「食べる量も、劇団の皆さんの分が無くならないように控えてたし！」

「「あ、あれで……？」」

劇団の料理当番の人達が頭を抱え、これでは公演しても採算がとれるかどうかと悩んでいたのに――

ワイズマル伯爵は、いい公演が出来ればそれでいいと気にかけていないようだったが。

と、食堂の扉が軽い音を立てて開け放たれた。

「おや？　並んで待ってくれてたのかい？　お待たせ！　食堂の再開だよっ！」

顔見知りの食堂のおばさんが、笑顔で迎え入れてくれた。

「きゃーっ！　やったわ！　超特大全部のせ激辛パスタがあたしを待ってる！」

「わたしもだよ！　何人前、食べられるかな……!?」

「いや……この後、また劇団の稽古があるでしょう？」

「あまり食べ過ぎると、動けませんわよ」

「「腹が減っては戦は出来ぬ……！」」

声を揃えるイングリスとラフィニア。もはや食べ物の事しか頭にない様子である。

と——

「ああやっぱりここにいましたねえ、イングリスさん、ラフィニアさん！」

「あ、校長先生——」

「こんな所でこんなことしてる場合じゃないですよお！」

「え？　どうかしたんですか？」

「劇団の稽古までは、まだ時間があるかと思いますが——」

「違うんですよぉ！　大事なお客さんが来てますよぉ！」

「はあ……？」

それは本当に、食堂の超特大全部のせ激辛パスタを上回る大事な用件なのだろうか。

また前みたいに、王城に呼び出されて面倒な役職を打診された挙句、ごちそうを食べ逃すなどという悲しい出来事になりはしないだろうか。正直、気は向かない。

「それって、食堂でご飯食べた後じゃダメですか？」

ラフィニアも、イングリスと同じ感想だったようだ。

「ダメです！　お待たせしては失礼ですよぉ！」

「うーん仕方ないか……」

「すぐ行ってすぐ帰ってこよう、ラニ」

「うん。そうね――」

「校長室でお待ちですから、すぐ行きましょう」

イングリス達は、食堂はお預けにして校長室へと向かう事にした。

「ふぅ～よかった、食堂を食べ荒らされる前で――再建で予算も厳しいですし、少しでも節約しないと……」

ミリエラ校長はこっそりと、そう呟いていた。

そして校長室に行ってみると――

そこに待っていたのは、成熟した美しさの、大人の女性が二人――

「イングリス！」

「ラフィニア！」

「お母様！」

「母上！」

母セレーナと、伯母イリーナだった。

「お母様っ！　ここに来てくれるなんて――！　会えて嬉しいっ……！」

「ふふふ――まだまだ甘えん坊ね、ラフィニアは」

ラフィニアは一目散に伯母イリーナに駆け寄って、自ら抱き着いた。

「クリスちゃん……！　元気だった？　お母さん、心配していたわよ……！」

「はい母上。問題はありません、お会いできて嬉しいです」

イングリスはラフィニアほど子供っぽい振る舞いはしないが、向こうから抱き締められては抵抗できない。懐かしい温もりが心地好いのは確かだった。

いくつになっても子にとって、母親は母親。前世の時代は孤児だったイングリスにとって、母親という存在の尊さ、ありがたさは人一倍身に染みて、実感できる。

「問題――無いんですかねえ……？　いやでも、うーん――」

ミリエラ校長が唸っている。

「あの――娘が何かご迷惑をおかけしていますでしょうか……？」

「あ、いえいえ……とんでもない！　お二人とも優秀な生徒さんで、色々助けて下さっていますよお」

「そうですか。安心しました」

と、母セレーナは笑顔を見せる。

「ですが母上、どうしてこちらに――？」

「毎年、侯爵様から国王陛下に税をお納めしているでしょう？　今年からは、あの空飛ぶ小船……」

「機甲鳥(フライギア)か機甲親鳥(フライギアポート)ですね」

「そう。あれで王都からお役人がやって来て、税を納めるための移動を手伝って下さるようになったの」

「それはいい事ですね。陸路で運ぶより安全で速いです」

従来ならば、陸路で王都まで税を運んでいた所だ。

辺境のユミルからは時間がかかるし、道中魔石獣(ませきじゅう)に襲(おそ)われる危険もつきまとう。

王都側から機甲鳥(フライギア)を回して回収してくれれば、安全度も輸送の速さも増す。陸上型の魔石獣からは襲われないし、飛行型の魔石獣も振り切れる可能性が高い。

本来は領主側が輸送の手段や人を手配する所だが、機甲鳥(フライギア)は最新鋭(さいしんえい)の兵器。田舎(いなか)のユミルではまだまだ普及(ふきゅう)していない。

ゆえに王都側から派遣(はけん)をするという事になるわけだ。

最新の技術を柔軟(じゅうなん)に取り込んだ対応だろう。気(き)が利いている。

「ええ。それでね、侯爵様も王都に戻る機甲鳥(フライギア)に同乗して、国王陛下にご挨拶(あいさつ)なさるという事だったから、私達(わたしたち)も連れて来て頂いたの。あなた達の顔が見たかったから——お父さんはお留守番で、残念がっていたけれど」

「そうですか――父上にもお会いしたかったですが」

「わ！　じゃあお父様も来てるのね！　やったぁ！」

「ラフィニア。あまりはしゃがないのよ？　クリスちゃんの気持ちも考えてあげなさい」

と、伯母イリーナはラフィニアを窘める。

「構いませんよ。侯爵様とお会いできるのは、わたしも嬉しいですから」

「そう？　本当にクリスちゃんはしっかりしてて、大人よねぇ。クリスちゃんがラフィニアと一緒にいてくれれば、安心だわ」

「いえ、わたしなどまだまだ力不足です。ラニに不純な異性交遊になど興味を持たず、騎士候補生としての修練にのみ専念するように言って下さい」

精神的には男性である故か、ラフィニアがやれ誰々が格好いいとか、どういう人が好みだとか、セオドア特使が素敵だとか、そういう事を言うのを止められないのだ。

ここは母親であるイリーナに、強く釘を刺しておいてもらいたいのだが――

「ええっ⁉　何々、ラフィニア彼氏が出来たの？　良かったわねぇ。ねえどんな子どんな子？　この機会に紹介してくれるのかしら？」

イリーナはキラキラと目を輝かせるのだった。

こういう時の眼差しは、ラフィニアにそっくりである。

「伯母上えぇぇぇっ！　違いますそうではありません！　ラニに為すべき事に専念するようにお説教を――」

「あら？　若いうちに恋をする事も重要なお勉強よ？　で、どうなのラフィニア？」

「えー。彼氏なんて出来てないわよ。そりゃまあ、できたら欲しいけど――」

「じゃあ誰か、いいなって思う人はいるの？」

「えー？　えへへ――」

何がえへへだ――！

「いけませんっ！　騎士アカデミーの学生として、修練に専念すべきですっ！」

「もー口うるさいわねえ、クリスは。お母様がいいって言ってるじゃない」

「わたしは！　侯爵様から、ラニに悪い虫がつかないように頼まれてるから！」

「あら、気にしなくていいのに。娘が誰かに取られるって、嫉妬しているだけなのよ」

「気にしてください伯母上っ！」

これでは逆効果だ。ますますラフィニアがイングリスの言う事を聞かなくなる。

「侯爵様はラニのためを思って……！　わたしも同意見ですから！　ラニにはまだそういう話は早いですっ！」

「あはは――ごめんなさい姉さん、ラフィニアちゃん。イングリスもラフィニアちゃんを誰かに取られるのが嫌なのよ。侯爵様と同じね」

「ち、違います母上……！　わたしはラニに仕える従騎士としてあるべき姿を……！」

「ふふふっ。きっとうちの夫も同じような事を言うわね」

「うぅ……っ⁉」

　そうなのかも知れない。恐らくビルフォード侯爵がラフィニアを見る目と、自分がラフィニアを見る目は似ているだろうから。

「ありがとう、クリスちゃん。真剣にラフィニアの事を考えていてくれているのね。ラフィニアも、クリスちゃんの言う事をよく聞くのよ？」

「ええ？　さっきいいって言ったのに！」

「いいのよ！　あなたが一番大事にしなきゃいけないのは、クリスちゃんでしょう？」

「まあ、それはそうだけど――」

「伯母上――」

　どうやら、伯母は味方をしてくれるようだ。

　と、ここで母セレーナが一緒に来たレオーネ達に目を向ける。

「お友達ですか？　ご挨拶が遅れてごめんなさい、私はイングリスの母セレーナです。こちらは姉のイリーナです」

「いつも娘達がお世話になっています」

大人の女性の淑(しと)やかな所作で、丁寧(ていねい)に挨拶をする。

「ご丁寧にありがとうございます。わたくしはリーゼロッテ・アール……」

と名乗ろうとしたリーゼロッテの途中(とちゅう)でラフィニアが割り込んだ。

「お母様、叔母様(おばさま)、紹介するわね！　こちらはリーゼロッテ、それからレオーネよ」

ラフィニアはあえて、家名の方は言わずに名前だけを言った。

レオーネのオルファー家は、レオンが聖騎士の位を捨てた事により、世間から厳しい目で見られてしまう立場だ。

母達はユミルでのレオンの行動と顛末(てんまつ)を、伝聞とはいえ知っている。

だからレオンやオルファー家に悪い印象はそこまで持っていないだろうが――

それでも、レオーネが自分から名乗り辛いのは事実。

だから、リーゼロッテに割り込んで、家名を言わずに紹介したのだ。

いずれ分かる事かも知れないが、あえて今そうする必要も無いだろう。

その事を伝えるかのように、ラフィニアはこっそりリーゼロッテに目配せする。

それで、リーゼロッテも意味を察した様子だ。

「あ……はい！　こちらこそ、いつもお世話になっておりますわ」

こういうラフィニアの人に寄り添う優しさと気遣いは、見ていてちょっと誇らしい。

「私も、いつも良くして貰っています」

レオーネも微笑みながら頷いていた。

「あ、そうだお母様。今ね、王都にワイズマル劇団が来ているのよ！　あたし達、公演に出る事になってるの、お母様達にも見て貰えるわね！　それでね――！」

「ラニ、待って。せっかくだから場所を移さない？　時間も無くなって来たし――」

「それがいいですよお。お稽古の時間も迫って来ていますし……王都をご案内がてら、どこかお洒落なカフェでお茶でもして、それからお稽古に行けば――」

「いえ、食堂に行きましょう！　急がないと！」

「そうね！　校長先生、お母様達のお茶の分も、あたし達の食べ放題でいいですか？」

「え、ええ……構いませんよ」

お茶程度なら構わないだろうと、ミリエラ校長は判断した。

保護者二人を前に、ここでダメだとも言い辛い。

稽古の時間まではあまりないし、母親と積もる話をしながらならば、イングリス達の食べる速度も鈍るはず。結果、いつもよりは被害は少なくなる――というわけだ。

そして――

どんっ！　どんっ！

食堂のテーブルに、山盛りパスタの大皿が二つ。

「久し振りね！　超特大全部のせ激辛パスタ！」

「美味しそうだね……！」

ばくっ！　ばくっ！　ばくっ！

イングリスとラフィニアは、猛然と目の前の大皿にフォークを突き立てる。

「にゃ？　おひゃひゃしょうしょれ？　いふみょよふきょれしゃれふぇるにょよ！（ね？　美味しそうでしょ？　いつも良くこれ食べてるのよ！）」

「こーひょうふしぇーしぇーのきょきょうひれちゃれふぉおらいれしゅのれ、しゅりょくりゃしゅらっふぇれましゅ（校長先生のご厚意で食べ放題ですので、すごく助かっています）」

それを見ていたレオーネとリーゼロッテは、秘かに嘆息する。

「い、いつも通りだわ――あんなもの食べながらじゃ、まともに話も出来ないのに……」

「せ、せっかくお母様が来て下さっているなら、お行儀よくすればいいのに……ですが、食欲の方が勝っているのですね――」

そんな事は知らず、イングリスとラフィニアはにこにこしている。

「ラフィニア……」

「イングリス……」

母二人は低い声で、娘達の名を呼ぶ。

きっとそのはしたなさを窘めるのだと、レオーネ達は思ったが――

「「あと二人前、追加よ！」」

「「ふぁい！」」


どんっ！　どんっ！


「りゃりや？　おひひぃわにゃ！　こりゃりゃたれふぉふぉりゃいりゃんね、ふぁりゃりゃりゃいわん（あら、美味しいわね！　これが食べ放題なんて、有り難いわね）」

「にゃにゃららひにゅおふぁんにゃしんふぁいしりゃきゃれれ、ふぉれにゃにゃらいひょうひにゃ！（あなた達のご飯を心配していたけど、これなら大丈夫ね！）」

「ろうりゃれ！（そうでしょ！）」

「ふぁふぁうえりゃりといっひょりゃろ、りょりおひゃひいれしゅれ（母上達と一緒だと、より美味しいですね）」

ばくばくばくばくっ！

母二人の食べる速度は、イングリスとラフィニアと互角、いやむしろ上回っていた。

「あ、そ、そうかイングリスとラフィニアのあれって――」

「お、お母様譲りだったのですわね……！」

「お、お化けが……お化けが倍に増えて――」

あっという間に四人前の大皿が空になる。

「うーん美味しかった！」

「久し振りだったから、より美味しいね。いくらでも食べられそう」

「あ、あのー……皆さん、そろそろお稽古の時間も迫ってますよぉ？」

「このくらいの時間だったら、あと二人前は余裕ね。食べてこ！　今度は超特大全部のせ激辛パスタと超特大全部のせホワイトソースパスタを一つずつ！」

「わたしも。向こうの賄いも食べたいし、軽く済ませておかないとね」

「「じゃあ、お母さんたちはあと二人前ずつね」」

「さすが母上と伯母上は大人ですね。まだまだ敵いません」

「おっけー！　じゃあおばさーん！　超特大全部のせ激辛パスタと超特大全部のせホワイトソースパスタを六人前ずつ追加で～！」

ラフィニアが元気よく、厨房に向かって注文をする。

「校長先生、私達まで頂いてしまってすみません」

「だけど、こういう環境ならこの子達も安心です。ありがとうございます」

「あはは……あははは――このくらい、お安い御用ですよお」

ミリエラ校長はとてもとても引き攣った笑みを浮かべていた。

「ねえお母様、食べ終わったら稽古の見学に来てね！　本番ももうすぐだから、ユミルに帰る前に見て行って欲しいわ！」

「ええ、そうするわよ。ワイズマル劇団の舞台なんて久しぶりだわ。偶然だけど、いい時期に来られたわね。ラファエルがいないのが、残念だけれど――」

「クリスちゃん、私も楽しみにしているわね。こちらはお父さんがお留守番なのが、残念だけれど――」

「はい、母上。必ずや満足頂ける戦いをお見せ致します」

「いや、普通に可愛い所を見せて貰えればいいんだけど……」

そんなこんなで食堂も再開し――食事の問題は解決した。

後はワイズマル劇団の公演を務めるだけだ。

ユアと思い切り戦える舞台が、そこにある。

公演の保護者参観も決まり、非常に楽しみである。

良く体調を整えて、本番に臨まねばならない。

「よし――やっぱりもう少し栄養を摂っておこうかな。すみません、超特大全部のせ激辛パスタと超特大全部のせホワイトソースパスタを一人前ずつ更に追加で！」

「あ、じゃああたしも！　すみませんやっぱり二人前ずつで～！」

「あああぁぁ……もう頭痛い――私、部屋に帰って休みます……」

ミリエラ校長はよろよろと、食堂を出て行った。

第5章 ◆ 15歳のイングリス　ふたりの主演女優　その5

それからさらに数日——

「あー。ちょっと遅(おそ)くなっちゃったわねー」

「そうだね」

イングリスとラフィニアが二人で王立大劇場を出ると、空はもう夕暮れ時だった。

今日が稽古(けいこ)の最終日で、明日からいよいよ本番だった。

イングリス達だけ帰りが遅いのは、普段(ふだん)より豪勢(ごうせい)だった賄いの料理を、最後の最後まで堪能(たんのう)して来たせいである。

「あー。お腹一杯(なかいっぱい)ね～。満足満足！　さあ帰ってお風呂(ふろ)入って、ゆっくり寝(ね)ましょ！　明日から本番だし」

「うん、そうだね」

「楽しみにしてるわよ、クリスのキスシーン！」

「うふふ……」

「な、なによその怪しい笑いは……！」

「何でも。さあ、帰ろう？」

攻撃機構が暴発したため、舞台に上がる事はなくなった星のお姫様号に乗り込む。

結局舞台でイングリスが乗る機甲鳥も、ラフィニアとプラムの手によって可愛らし過ぎるピンクに塗られてしまったため、結局は少し恥ずかしいのに変わりはなくなってしまったが――

機甲鳥を始動して、騎士アカデミーへの帰路を飛んでいると――

「あ……！　あの子――！　ええと――」

街角の道を指差して、ラフィニアが声を上げた。

見ると、そこには肩くらいまでの金髪の、10歳程の可愛らしい女の子の姿があった。

「アリーナちゃん。だよ」

星のお姫様号を可愛いと褒めてくれた街の女の子だ。

今度会ったら、星のお姫様号に乗せてあげるとラフィニアが約束していた。

ラフィニアが顔を忘れてしまった時に備えて、イングリスはきっちりと顔と名前を記憶しておいた。

「あ、そうそう！　アリーナちゃん！」

「……忘れてたでしょ？」

「クリスが覚えてる事は、あたしが覚えてる事！」

「──まあ、それが従騎士だし文句はないけど」

「クリス、あの子の所に降ろして！」

「うん、分かった」

アリーナの近くに降りると、ラフィニアは彼女ににっこりと笑顔を向ける。

「やっほー、アリーナちゃん！」

「あっ。あの時の騎士のおねえちゃん……！」

「ふふっ。あの時の事、覚えてくれてたのね？　あたしはラフィニア、こっちはイングリスよ」

「こんにちは。いや、こんばんは、かな──」

ちょうど微妙な時間帯だ。

「ね、ね。アリーナちゃん。お姉ちゃん、前の約束、今果たしちゃおうかなーって思うんだけど……機甲鳥に乗ってく？　いいわよね、クリス？」

「うん。いいよ」

約束をちゃんと果たそうとする姿勢は立派だ。

イングリスもそうするべきだと思う。

次はいつ会えるかも分からないのだし。

「あ……ええと――」

アリーナの顔に一瞬躊躇いのようなものが浮かんだが――

「うん。どうしたの？」

「う、ううん……お願いします！」

「おっけー！　じゃあ乗って！」

「うん！」

アリーナを乗せて、再び浮上する星のお姫様号。

アリーナは大きな目を見開いて、輝かせている。

「うわぁ……！　本当に飛んでる――！　すごい……！」

その様子は子供の頃のラフィニアを見ているようで、懐かしく微笑ましい気分になる。

「ふふふっ。気に入ってくれた？」

ラフィニアもイングリスと同じように、微笑ましそうにアリーナを見つめている。

もうラフィニアも、子供を見てこんな顔をするようになった。

すっかりお姉さんである。時間が経つのは早いものだ。

赤ん坊の頃からラフィニアを見守っているイングリスとしては、感慨深いものがある。

「うん……！　すっごくすっごく、気持ちいいね――――！」

「まだまだ、もっと迫力のある気持ちいい飛び方が出来るのよ！　クリス、一回転やっちやって！」

「うん！」

イングリスは機甲鳥の船首を急激に持ち上げ、船体がかなりの急角度で上昇を始める。

「わわわっ!?」

「ほら、しっかり掴まっててね！　クリス、いいわよ――――！」

「行くよ――――！」


ギュウウウゥゥンッ！


視界がぐるんと一回転。

一瞬髪が下に引っ張られるような圧を感じ、そしてまた元に戻る。

「あはははっ！　すごーいっ！」

「大丈夫？　怖くなかった？」

「うん！　ずっと目を開けてられたよ！」

「お？　やるわねえ、アリーナちゃん」

「素質あるかも――ね」

「本当？　私もお姉ちゃん達みたいな騎士様になりたいなぁ……！」

「まあ、あたし達も本当の騎士じゃなくて、騎士アカデミーの学生なんだけどね？　騎士のたまご、まだ半人前なのよ」

「ふうん――？　でも、お姉ちゃん達二人ともかっこいいよ！」

「ありがとう！　いい子ね～♪」

ラフィニアはすっかりアリーナを気に入ったようで、ぎゅっと抱きしめていた。

「まだまだ気持ちいい飛び方あるのよ～？　クリス、ボルト湖の方に行って」

「うん、分かった」

「全速力で飛ばしてあげて！」

「じゃあ、新機能試（ため）すね？」

「ああ。何かラティと一緒にいじくってたわね？」

「そう。完成したから、加速装置」

この機甲鳥（フライギア）には、天上人（ハイランダー）用に攻撃の魔術（まじゅつ）を、そのまま増幅（ぞうふく）して撃（う）ち出す攻撃機構がある。

ユアが暴発させていたものだが、これは魔印武具(アーティファクト)のように魔素(マナ)を魔術的な現象へと自動的に練成する働きは持っておらず、あくまで仕上がった完成品である魔術をさらに増幅・射出する機構である。

イングリスはラティと協力をして、この機構の伝送路を、船首砲門(ほうもん)ではなく機関部に直結も出来るように改造を施(ほどこ)していた。

機甲鳥(フライギア)の機関部は魔素(マナ)を動力に変える仕組みを持っているため、これと繋(つな)ぐ事により、既存(きそん)の燃料からの動力に加えて操舵手(そうだしゅ)の魔素(マナ)も動力に加わり、結果的に大幅(おおはば)な速度向上が見込める。つまり、加速装置だ。

天上領(ハイランド)の技術はやはり地上の国々よりも圧倒的(あっとうてき)に上であり、中々に面白(おもしろ)い。いずれ機会があれば、その技術を学んでみたい気もする。

そして自分に匹敵(ひってき)するくらいの強力無比な破壊(はかい)兵器を生み出し、それと戦って腕(うで)を磨(みが)き続けたい。そうすれば、戦い甲斐(がい)がある強い相手が見つからないという悲劇は生まれなくなる。非常に効率的である。

ともあれ、加速装置と聞いたラフィニアは目を輝(かがや)かせる。

「おぉぉ～。じゃあ景気づけにやっちゃって！」

「うん――行くよ！」

イングリスは新たに設置したレバーに手を伸ばす。

従来の魔術を砲撃する機能、機関部直結の加速機能、両方とも無効の安全モード。

三種類の動作を切り分けられるようにしておいた。

ガチンッ！

安全モードから加速モードへ！

ヴィイイイイイイインッ！

いつもの駆動音より一段高く、力強い響きだ。

「よし、出発！」

ビュウウウゥゥゥウンッ！

体に感じる風も、いつもよりも一段と強い。

「うわっ!?　凄いわねこれえぇぇぇ！」

「すごいすごいすごいーっ！　はやあぁぁぁぁいっ！」

「うん。楽しんでもらえて何より——かな？」

騎士（きし）アカデミーの機甲鳥（フライギア）ドックがあるボルト湖畔（こはん）に到着（とうちゃく）。

いつも、よく訓練で使う場所だ。

「よし次のお楽しみは——水切り飛行ねっ！」

湖畔の水面ギリギリを飛ぶ事を、そう呼ぶのだ。

「うん」


ボシュウウウウウウゥゥゥッ！


水飛沫（みずしぶき）が音を立てて舞（ま）い上がり、後ろを振（ふ）り向くと、星のお姫様号（スター・プリンセス）を水柱が追いかけるような光景が展開されていた。

「あははは っ！　水かかるよぉっ！　冷たい、気持ちいいぃぃぃっ！」

ひとしきり飛び回ってから、ラフィニアがアリーナに提案する。

「アリーナちゃん、せっかくだからちょっと操縦してみる？」

「い、いいの……!?　勝手に私が触（さわ）って、おねえちゃん達怒（たちおこ）られないの……？」

「ふふーん。いいのいいの。これ借りてるんじゃなくて、あたし達のものだからね」

「えぇぇぇっ!?　どこで売ってるの、こんな可愛いの……!?」

「買ったんじゃなくて、拾ったんだよ」

「お姉ちゃん、どこでどうやったら拾えるの？」

「そうだね、じゃあまずアリーナちゃんも天上領の兵士を倒せるように修業する所から――」

「こらクリス、アリーナちゃんに修羅の道を勧めないの！　そういう生き方してるのはクリスだけだから、良い子は真似しちゃいけないのよ……！」

「……ラニも一緒にいたのに」

「クリスが強引に連れて行ったからでしょ……！　まあ、とにかくほらアリーナちゃん、ここ持ってごらん？」

「う、うん――」

「ここでね、飛ぶ方向を変えるの」

「それでここでね、前に進むんだよ」

と、二人で手取り足取り、アリーナに機甲鳥の動かし方を教えてあげて――

　本当に楽しそうにしているアリーナを見ているとこちらも楽しくなり、あっという間に時間が過ぎた。

もうすっかり日も落ちて、空は雲一つない星空。

半月がその美しい姿を、ボルト湖の水面に映していた。

「うわぁ高い――お星さまが手で掴めそうなくらい……綺麗（きれい）だね――」

機甲鳥（フライギア）で限界近くまで高度を上げて、夜空と眼下の光景とを眺（なが）めていたのだ。

素晴（すば）らしい眺めだが、高い所が少々苦手らしいレオーネは怖がるだろうか。

「アリーナちゃん、一つ教えてくれる？」

と、イングリスは切り出す。

「何？　おねえちゃん？」

「『洗礼の箱』を使った洗礼って、受けた事ある？」

イングリスとラフィニアは6歳で受けた儀式（ぎしき）だが――

内容としては、『洗礼の箱』を使って魔印（ルーン）をその身に刻むというものだ。

「え？　無いよ……？」

「そう――ありがとう、答えてくれて」

アリーナの右手に魔印（ルーン）は無く、いわゆる無印者なのだが――

先程（さきほど）操縦を教えるために手に触（ふ）れて、分かった。

アリーナ自身には、かなりの魔素（マナ）の素質がありそうなのだ。

恐らくラフィニア達に匹敵するような上級印か、少なくとも無印者はあり得ない程には強い魔素の輝きを感じた。

最近ユアと手合わせしたり、話を聞いたりしているうちに、人や周囲の自然の魔素を注意深く探るという事に凝り出したのだが――

アリーナが無印者なのは、不自然だと感じたのだ。

「ええっ。ちょっと待って、洗礼って6歳でみんなやるものでしょ？」

「何事にも例外ってあるんだよ、ラニ」

ラフィニアの言うみんなは、自分達が生きて来た環境や、騎士や貴族ではなくとも、それに近い人々の間の世界の話だ。もっと厳しい世界はある。

ここは、ラフィニアの世間知らずな所というか、人や物事を性善説で捉え過ぎな面が出ただろう。

「そんな事言ったって……ねえ、アリーナちゃん。お父さんやお母さんは洗礼を受けさせてくれなかったの？」

魔印を授かる洗礼自体は、各地の教会で受ける事が出来る。

有力な貴族ならば、自家で『洗礼の箱』を抱えている場合もあるし、それを幅広く領民に使わせている場所も珍しくはない。

いずれも無料とはいかないまでも、わずかな料金で利用は可能だ。

騎士の素質を持つ者を発掘し、人の住む場所を守る戦力とする事は、この地上に生きる誰にとっても必要な事だ。幅広くやらない理由がない。

たとえ貧しい生まれだったとしても、魔印を授かる事が出来れば、騎士としての道が開ける。それは、貧困から脱出する事にもつながるだろう。

ラフィニアもそのくらいのことは考えているだろうが――

その先は、想像がつかないようだ。

「お父さんもお母さんも、いないの」

と、アリーナは少し寂しそうに微笑みながら、そう答えた。

「あ――そ、そうなんだ……ご、ごめんね、悪い事聞いちゃって――」

「ううん、いいよ。おねえちゃん達、優しいもの」

ラフィニアに悪気が無い事は分かってくれている――ようだ。

普通怒り出しても不思議はないが、ある意味アリーナのほうが余程大人の対応である。

不自然なほどに、傷つく事に慣れ過ぎている――とも言えるかも知れない。

「私、お父さんとお母さんから人に売られたから……だから、洗礼とかは――」

そうなれば、洗礼を受ける機会が無いのも当然である。

労働力として使うために買ったのに、騎士として才能が認められれば、国や貴族に召し上げられてしまい労働力として使えなくなってしまう。

わざわざその危険を冒す理由は見当たらない。

彼女の右の二の腕あたりに見える小さな文様のようなものは、人買いが『商品』に押す焼き印のようなものだろうか？

少し気にはなるが、これ以上触れられるはずもない。

アリーナに騎士の才能がありそうな事を告げるのも、逆に酷になるかもしれない。

「人買い……!?　そんな——禁止でしょ!?　そんなひどい事……！」

「ユミルではね？　侯爵様が凄く頑張ってそうしてるんだよ」

家族——特に娘の前ではくだけた姿も見せるが、あれで一廉の仁君なのである。

自分の前世、イングリス王の時代に家臣にいたとしたら、やはりある程度の領地を任せているだろう。

ビルフォード侯爵は、それに足る人物である。

「でも王国法で……！」

「あれは国王陛下の直轄地だけの話で、貴族の領地ではそんな決まりないよ？」

「ここ王都なんだから、直轄地じゃない！」

「でも、他所で取引してこっちに移動して来たら分からないよ？」

「それはダメでしょ！　ちゃんと調べて、取り締まらないと！」

「でも、取り締まってないと思うよ？」

「何でよ？」

「天上人が勝手に地上の人を攫ったりするじゃない？　厳密にやると、それも取り締まらないといけなくなるから。それって天上人を攻撃するのと一緒でしょ？　やりたくないから、一般人への取り締まりも緩くするの。そうじゃないと自分達ばっかりって不満がたまって、反乱が起きかねないから」

もし直轄地で明らかにそのような事があったとしても、そこで起きた事ではなく、別の貴族の所領で起きた事として、事実を葬る事が可能になるわけだ。

そもそも、王国法に人買いの禁止という項目がある事自体、現状とは矛盾するようにしか見えないが。

一切の良心と良識を排除して考えるなら、そんな項目は無い方が、こうしてラフィニアのように義憤に駆られる者に大義名分を与えずに済む。

国が王国法を守っていない！　と非難されれば、その通りとしか言いようがない。

人間、自分が正しいと確信すれば行動が過激になってしまうもの。

それを行った者を、イングリス達は目の当たりにしている。レオンだ。

レオン程の聖騎士を離反させてしまう現状が、確かにこの国にはあるのである。

しかし、現状に沿うように人買い禁止の項目を削除するなど、出来るはずもない。

そんな人道的な決まりを自ら無くせば、自分は冷酷無情な愚王だと宣言するに等しい。

一気に求心力を失う事になる。

カーリアス国王は決して愚かな人物ではない。

現状の矛盾を分かりつつも、何とか騙し騙しやっていく他は無いと思っているだろう。

「セオドア様はそんな事しないわよ！」

「セオドア様も言ってたじゃない。自分達みたいなのは少数派だって」

しかし、この項目の成立は何十年も前の話だと習ったが、そうだという事はその当時の王国は、この項目を作っても大丈夫な状態であったと推測される。

つまり天上人の地上での無法は、今ほどではなかった――と考える他はない。穏便に近い状態だったのだ。

では天上人の態度の急変の理由は――？

何かあるのだろうか？　天上領の事情は、セオドア特使に質問してみれば分かるかも知れないが――

「じゃあ、セオドア様の言う事聞かない奴らは叩き出せばいいのよ！」

「……血鉄鎖旅団に入る？」

ばしっ！　ばしばしっ！

後ろから背中を叩かれた。

「いたっ⁉」

「……じゃあどうしろって言うのよ――⁉」

ちょっと拗ねさせてしまったかもしれない。

「それは、ラニが決める事だよ？　わたしは知って欲しいだけ。そのほうが可能性が多くなるから――でも一つ確かなのは、わたしはずっと一緒だよ？」

「……あたしが血鉄鎖旅団の仲間になるとか言い出したら？」

「……黒仮面の人とかシスティアさんに謝らなきゃね。許してくれるかなあ」

「ったく、クリスは何でもあたしに押し付けようとするんだから」

「その代わり、世界で一番強くなってみせるから。存分に使ってね？」

「はいはい――ごめんね、アリーナちゃん。あたし達無神経で何も知らなくて――ほんとにごめんなさいっ！」

深々と頭を下げるラフィニアに、アリーナは面食らった様子だ。

確かに、子供相手にここまでするお姉さんも珍しいだろう。

「う、ううん……私の事心配してくれてるんだし——でも大丈夫だよ。私が住んでた村、私が出て行った後魔石獣（ませきじゅう）に襲（おそ）われて、無くなっちゃったんだ。お父さんもお母さんも、それで……だから、二人は私を逃（に）がして、助けてくれたんだって思うようにしてるの」

「アリーナちゃん……」

「凄いね。強いね」

ラフィニアはアリーナをぎゅっと抱（だ）きしめ、イングリスは頭を撫（な）でた。

「お、大袈裟（おおげさ）だよ……今いる所も、そんなに悪くないし——」

アリーナはちょっと困ったように、微笑んでいた。

「ありがとう、おねえちゃん達！　すっごく楽しかった！　でももう帰らないと——」

気づけばもう完全に夜だ。子供が出歩くには遅い時間である。

「そうね、じゃあ家まで送るわね！　クリス、お願い」

「うん。じゃあ行くよ」

星のお姫様号（スター・プリンセス）は、来た時よりはゆっくりと、ボルト湖畔を後にした——

アリーナを送り届けた先は、ノーク大通りからいくつか奥に入った裏路地にある古屋敷だった。

ノーク大通りは王都で一番商店が多い界隈で、イングリス達が稽古している王立大劇場もここに面している。

大通りは華やかなものだが、その光の裏には、同じだけの影もある。

アリーナは大通りに面した商店主の所で下働きをさせられながら、暮らしているようだ。

帰って来たアリーナに、店主らしき男は開口一番怒声を飛ばした。

「仕事もせずどこをほっつき歩いてやがった、てめえ！」

間髪容れずに平手が飛ぶ。

ばしっ！

それがアリーナを叩く前に、イングリスが手首を掴んで止めていた。

「やめてあげて下さい」

「ぐっ……!?」

「アリーナちゃんを連れ回していたのはこちらです、申し訳ありません。叩くならばわたしをどうぞ」

「……ちっ。お姉さん方のその服は、騎士アカデミーのやつでしょう？　未来の騎士様に睨まれたくはありませんや」

男は舌打ちしながらも矛を収めた。

今思えばアリーナを誘った時、彼女が一瞬躊躇ったように見えたのはこういう事情があったからだろうか。

それでもどうしても機甲鳥に興味があり、この機会を逃せば次はないかも知れないと考え、付いてきてしまったのだろう。可哀想なことをした。

「……あたしは、もう睨んでます」

じとーっ、とラフィニアは突き刺すような視線を男に送っている。

人買いをするなんて最低！　と罵り出したりしない所は、まだ冷静さを保っている方かも知れない。

アリーナの事を考えれば、あまり目の前で騒ぎ立てるのも良くないだろう。

「あの、ご主人。少しお話を伺いたいのですが？」

「何です？　早くして下さいよ」

「その前に、アリーナちゃんはもう戻っても？」

「ああ。ほら中入ってさっさと寝ろ！　明日も早いんだぞ……！」

「は、はい……！　おねえちゃん達、今日はありがとう。お休みなさい――」

と、アリーナは建物の中に入っていく。

奥のほうに、アリーナと近い年頃の子供たちが、遠巻きにこちらの様子を窺っているのが見えた。

あの子たちも、アリーナと同じような境遇の子だろうか。

前に、星のお姫様号の見た目をダサいと言っていた子もいるように見える。

どうやら、前はあの子達が外に出てお使いか何かをしている時に遭遇したようだ。

「あ！　待ってアリーナちゃん……！」

と、ラフィニアは何かを思い立ったようにアリーナを呼び止める。

「どうしたの、おねえちゃん？」

「あのね、これ――」

明日から王立大劇場で行われる公演のチケットである。

ワイズマル伯爵が、イングリス達にそれぞれ配ってくれたものだ。

ビルフォード侯爵と母二人の分を残しても、まだ手元に残っていた。

「明日から王立大劇場でやる舞台ね。騎士アカデミーが協力してて、あたし達も舞台に出るの。良かったら見に来て？」

「ええっ……!?　おねえちゃん達が出るの？　すごい――」

アリーナは目を輝かせるが、ラフィニアが差し出そうとしたチケットは、男に取り上げられて突き返された。

「そいつは、必要ありません」

「……何でよ!?　ちょっとくらい、休ませて息抜きさせてあげてもいいじゃないですか……！」

男ははあ、とため息をつく。

「んな事は、あんたに言われんでも分かってます」

と、懐に手を突っ込んで取り出したのは、ラフィニアがアリーナに渡そうとしたものと同じ、公演のチケットだった。

結構な枚数がある。アリーナや、子供達全員分あるだろうか。

「あ……！　それは――」

「言ったでしょ？　他に欲しがってるやつがいたら、そっちにやって下さい」

「ごめんなさい――」

しゅんと小さくなるラフィニア。

「おらお前ら！　さっさと部屋に戻って寝ろ！　いいな！」

男が怒鳴り散らすと、子供達は一斉に散っていく。

「おねえちゃん達、頑張ってね！　楽しみにしてるから！」

最後にアリーナが一言残していく。

「……で？　話を聞きたいって、何です？」

「いえ、何でもありません。すみませんでした」

本当はアリーナを身請けしようとすれば、いくら必要か聞こうと思っていた。

つまり、それなりの対価を払ってアリーナを自由にしてあげるという事だが――

それを聞くのはまだ早い、という気がした。

「……じゃあ俺から一つ」

「何でしょう？」

「ウチは確かに他所の土地ですがあいつらを買って来て、働かせてます。ですけど、行くとこに行きゃあ、あいつらの親から子供を売ってくるんですよ？　買ってやらなきゃ口減らしだって殺されててもおかしかねえんです。魔石獣に殺されるのも、貧乏に殺されるのも一緒ですよ？　まあ騎士アカデミーの生徒さんは貴族のお嬢様方が多いでしょうから、想像もつかないかも知れませんが――そこんとこ、ちゃんと分かっといて下さいよ？」

つまりは必要悪だ、と言いたいわけだ。

それをどう捉えるかもまた、個人個人の主観による。

頷いて黙認するも良し、それでも悪いものは悪いと断ずるも良し。

「貴重なご意見をありがとう御座います」

イングリスの場合は無論――聞き流す、である。

自分は戦い以外の事は、ラフィニアに合わせるのみだから。

主義も主張も善も悪も、イングリスには不要だ。

ただ強い敵と、美味しいご飯と、綺麗な服と、それから側にラフィニアがいればいい。

「……ありがとうございます」

ラフィニアは不満そうな顔はしているものの、それ以上の言葉は飲み込んだようだ。

「じゃあ帰ろう、ラニ」

「うん。そうね――」

再び星のお姫様号に乗り込んだ。

「……はあぁぁ～。なんだかよく分からなくなるわね――」

二人きりになると、ラフィニアは大きくため息をついた。

「そうだね。青春の悩みだね」

ラフィニアにとっては憂鬱かもしれないが、イングリスとしては今日の出来事は歓迎したい。きっと、ラフィニアの人間的な成長に繋がると思えるから。

「あたしの知ってる青春と違うわ――」

「現実とは辛く厳しいものなんだよ。とりあえず、気を取り直して明日から頑張ろう？　アリーナちゃんを楽しませてあげないとね？　母上や侯爵様も伯母上も見てくれるし」

「うん、そうね――」

ゆっくりと星のお姫様号を屋根の上の高さに浮上させると、下の方から声が聞こえた。

「そんな……あの方を見捨てるって言うんですか、ディーゴーさん……!?」

「そうではない――我々は我々の使命を果たすのみ。それ以上もそれ以下もない」

「ですが……！」

「では問おう、この好機を逃してどうする？　何のために我々はここにいる？　我々に許された時間は、決して多くはないぞ」

片方の声に、聞き覚えがあった。

最近よく聞く、柔らかくて上品さのある少年の――

「あ、あれ……イアン君――？」

ラフィニアが、その人物に気が付いたようだ。

「――ほんとだね」

「ここで間借りして下宿とかしてるのかな――？　あ、だから公演のチケットを配ってあげてたのかな……？」

「かも知れないね」

王立大劇場も近いし、そうであっても不思議ではないが――

話している相手は、栗色の短髪で、武骨そうなかなり大柄の男だった。

寒い季節ではないが、首から下がほぼ見えないような厚着だ。

「ですから事情をお話ししてご理解頂いて――！」

「それは危険だ。承服できん」

「くっ……！」

「今更狼狽えるな。覚悟を決めろ」

「そんなもの、とっくに決まっています……！　あの日から、ずっと――！」

「ならばもう、話す事はあるまい」

そう言うと、男はその場から去って行った。

「……な、何の話なんだろ……よく聞こえなかったけど揉(も)めてたわね。劇団の話かな？」

「盗(ぬす)み聞きは良くないよ？」

「でも、何か只事(ただごと)じゃなさそうだったわよ？　大丈夫(だいじょうぶ)かな？」

「……まあ、とりあえず帰るね」

イングリスは星のお姫様号(スター・プリンセス)の船首を騎士アカデミーの寮(りょう)へと向けた。

——そして翌日、公演の本番の日がやって来る。

——

第6章 ◆ 15歳のイングリス　ふたりの主演女優　その6

「皆様。ようこそおいで下さいました」

舞台上に立ったワイズマル伯爵が、客席に向けて深々と頭を下げる。

開幕前の挨拶だ。満員に近い客席のからの視線が、一斉に集中している。

イングリス達は幕の下りた舞台の袖の隙間から、その様子を窺っていた。

「う、うわぁ……人がいっぱい――き、緊張しますねぇ……」

プラムがごくりと息を呑んでいる。

その恰好は、ラフィニア、レオーネ、リーゼロッテと同じ踊り子の衣装だ。

結局、プラムもイングリスの後ろでラフィニア達と踊る事になったのだった。

イアンがその方がラティ君も喜びますよ、と勧めたためだった。

ラティは反対していたが、ワイズマル伯爵は快諾した。

するとラティは文句を言いながらも、少々運動が苦手で振り付けに四苦八苦するプラムのために自ら振り付けを覚え、根気良く練習に付き合っていた。

やはり素直ではないが、いざプラムが舞台に立つとなると応援してしまうようである。

「馬鹿、緊張してんのはこっちだぜ——お前がミスったせいでイングリス達に恥かかせねえか、不安で不安で……」

「が、がんばります——！」

「大丈夫よ！　落ちてくる船を止めたり、魔石獣と戦ったりするよりは緊張しないでしょ？」

ラフィニアは、プラムの背中を叩いて勇気づける。

「は、はい。でもドキドキして——」

「ならこう考えればいいのよ。どうせみんなクリスに見とれて、後ろのあたし達まで見てない……！　ってね」

「——それはそうかも知れませんね。イングリスちゃん、本当にきれいですから」

本番のイングリスの衣装は、以前よりもさらに装飾が増えて、煌びやかさを増していた。

我ながらなかなかの見応えで、先程存分に鏡の前で自分の姿を眺めてきた所だ。

「それに関して文句のつけようもないわね」

「きっと観客の皆様もお喜びになりますわね」

レオーネとリーゼロッテも太鼓判を押す。

「――けど俺は、プラムが一番可愛いと思うぜ」

と、イングリスはラティの後ろに隠れてその真似をしてみた。

声は似せようと思っても限界があるが、口調はちゃんと似ていると思う。

男性口調は得意だ。当然だろう。男性の人生を経験済みなのだから。

「えぇっ!?　本当ですか、ラティ!?」

「違うわいっ！　おいイングリス、何してんだ！　やめてくれよ……！」

「いや、プラムの緊張をほぐすにはいいかと思って――」

緊張しているせいもあるだろうが、上手く聞き間違えてくれたようだ。

「ははは、イングリスさんは落ち着いていますね。主役なのに、凄いです」

と、見ていたイアンが苦笑する。

「いえ、わたしなどユア先輩に比べれば――」

イングリスはユアの方に視線を向ける。

ユアは近くに置いてあった大道具の箪笥にもたれかかり――居眠りをしていた。

「すぴー」

「ちょ……!?　流石にそれはまずいぞユア……！　起きろ……！　もうすぐ幕が上がるぞ――！」

いつもユアの面倒を見ている、二回生のリーダー役のモーリスが慌ててユアを起こしていた。モーリス自身は機甲鳥が沢山飛ぶ戦闘シーンで、機甲鳥の一つを操縦するくらいの出番なのだが、相変わらずよくユアの面倒を見ていた。

そうこうしているうちに、舞台上のワイズマル伯爵が客席の一部に視線を送り、恭しく一礼をする。

「本日は素晴らしいお客様にもいらして頂いております——国王陛下、是非一言お願い致します」

「うむ——」

カーリアス国王が立ち上がると、客席中から大きな拍手が起こった。

「近頃はこの王都にて様々な事態が発生し、皆には苦労をかけておる。これは全て、国を預かる我の不徳の致す所——皆にはこの通り、謝罪を致したい」

と、カーリアス国王は一度大きく頭を下げる。

「此度のワイズマル劇団の公演は、皆の鬱屈とした気分を晴らしてくれるような、素晴らしいものとなろう。我が国の未来を担う騎士アカデミーの生徒達も協力してくれておる。皆でこの一時を、楽しもうではないか」

そうカーリアス国王が述べると、先程よりも大きな拍手が起こる。

「あ、お父様やお母様や叔母様もちゃんといるわね――」

ラフィニアは客席のほうが気になるようだ。

「そうだね」

「アリーナちゃんも来てくれてるわ……！　よし、頑張って楽しませてあげないとね！」

グッと拳を握って気合を入れている。

「うん。せっかく母上達も見に来てくれてるし……わたしも楽しんで、思いっきりユア先輩と戦うね――！」

待ち望んでいた、本気のユアと手合わせできる日だ。

他にも色々とやらなければならない事はあるが、沸き立つ興奮を抑えることは出来ない。

「いや、楽しんで思いっきり戦ったらいつも通り過ぎるでしょ……！　女の子らしく、可愛い所を見せてあげなさいよ。その方が叔母様もアリーナちゃんも喜ぶわよ？」

「じゃあ、どっちも……！」

「くれぐれも言っておきますが、戦いに集中し過ぎて観客の皆様を巻き添えにしてはいけませんわよ？」

と、リーゼロッテが念を押してくる。

「大丈夫だよ。校長先生が結界を張ってくれるし」

ミリエラ校長も既に客席に座っている。

観劇しながら、イングリス達が戦ったり機甲鳥が飛び回ったりするシーンでは、事故防止のために客席を保護する結界を張ってくれる事になっていた。

本来はこれも生徒側でやる予定だったのだが、諸事情によりミリエラ校長にお願いする事にしたのだ。

「ううう……ああ――はじまっちゃいますね……！　も、もうちょっと心の準備が――」

プラムの緊張は、ますます高まっているようだ。

「こうなったらもうやるしかねえんだ……！　落ち着いて、出来るだけやって来い……！」

ラティがそう発破をかけている。

「は、はい……！　じゃあ落ち着けるように手を握って下さい……！」

「はあ!?　何でそんなことしなきゃいけねえんだよ？」

「早く……！　私が失敗してもいいんですか――!?」

「どういう脅し方だ！　ったく仕方ねえ――」

「お？　仲が良くて羨ましいわねえ～」

と、ラフィニアがニヤニヤしている。

「ほんとにね――」

レオーネも、くすくすと。

「う、うるせえな仕方ないだろ、こいつが……！」

「ふう――よーし……！　ちょっと落ち着きました――！」

「あ、後半の機甲鳥（フライギア）でクリスとユア先輩が空中戦するシーンの操縦もお願いね？　急で悪いけど――」

本当はそのシーンでは、ラフィニアとラティがイングリスとユアの機甲鳥（フライギア）を操縦する事になっていたのだが――

これも諸事情につき、ラフィニアがプラムと代わって貰（もら）う事になっていた。

「は、はいそうでしたよね……！　だ、大丈夫です……！」

「ホントかよ？　俺はそこも不安だぞ……」

「だったら、そのシーンの前も手を握って、落ち着かせてください？」

「はぁ、嫌（いや）だよ自分で勝手に――」

「……待って、そろそろ幕が上がるわよ――！」

レオーネが皆に呼び掛（か）ける。

確かにワイズマル伯爵が、挨拶を締めようとしていた。

「――それでは、どうぞお楽しみ下さい。開幕で御座います――――!」

それを受けて、舞台の幕がゆっくりと上がって行く。

その中で――

「すぴー」

ユアはまだ寝ていた。

「だぁぁ! 悪い、みんな手伝ってくれ――――!」

「……!? は、はい……!」

「ま、まだ寝てるの――!?」

「とにかく運びましょう!」

「急がないと、見えてしまいますわ……!」

悲鳴を上げるモーリスを手伝い、とりあえずユアを舞台袖の奥に隔離した。

幕が上がり最初の場面は、イアンが演じるマリク王子が、普段は立ち寄らない劇場に足を運ぶ所から。

姿を現したマリク王子の姿を見た会場の女性客が、こう囁き合う。

「あの子、結構可愛い顔してるわね」

「うん。声もね、王子様っぽいわ」

「いい感じ――」

評価は悪くない様子だ。

ユアの好みに合わせた配役だが、それが一般的なようで助かった。

「――民の心を知るには、民の楽しみを知らねばならぬ。ここへ行けば、分かるだろうか」

大きく伸びのある声でマリク王子は言い、そして舞台は一時暗転。

――イングリス達の出番。劇場で踊るマリアヴェールのシーンだ。

イングリス達は頷き合って、暗転の舞台の中央へ。

ラフィニア達四人は客席に対して横一列に並び、イングリス一人がその前に進み出る。

一呼吸おいて――

ぱっ。

範囲を絞った照明が、イングリス一人だけの姿を照らし出した。

「「「おお……！」」」

瞬間、客席中からどよめきが起こる。

先ほどのイアン演じるマリク王子よりも、何倍も大きな――

「す、すげえ……！」

「とんでもなく可愛いぞ、あの娘――！」

「吃驚するくらい、きれいね……！」

「絵の中から飛び出して来たみたいよ……！」

口々にあちこちから、感嘆のため息が漏れ聞こえる。

暗い中一人だけを照らす演出のおかげで、イングリスの姿もより引き立っていた。

それがこの観客の反応に繋がっていた。ワイズマル伯爵の手腕の賜物である。

「イングリス殿ーーーーっ！　お綺麗ですぞーーっ！」

「イングリスちゃーーん！」

野太い声援が響き渡る。

――カーリアス国王が座っている近くだ。

つまりレダスと、その部下の近衛騎士団の面々だ。

「……」

恥ずかしいのでやめて頂きたい。

そもそもここであんなに大きい声を出すのは、行儀の面でどうなのだろう。

案の定、カーリアス国王がすぐ反応し、レダス達は窘められている様子だ。

遠いので、聞こえないが。

「「「マリアヴェールちゃーーん！」」」

「……!?」

声援が役名に変わっただけだった。

一体カーリアス国王は何と言ったのだろう。

ちゃんと役名で呼べ、と？　そういう問題ではない気がするが——

「……ふぅ」

ともあれ一つ呼吸を整え、静止していたイングリスはゆっくりと円弧を描くように両腕を上げ、踊りの動きに入る。

その後を追うように、劇団の面々が演奏する楽器の旋律が流れ始めた。

照明がイングリス一人から舞台全体に広がり、合わせてラフィニア達も動き出す。

踊りながらちらりと横目で様子を窺うと、ラフィニアは満面の笑顔で、元気よく溌溂と踊っている。見ているこちらが楽しくなるような、そんな華がある。

出来れば自分は観客として、ラフィニアの姿を見ていたいと思えて来る。

生真面目なレオーネは緊張に少し頬を紅潮させながら、忠実に振り付けを再現している。

踊りの振り付けは身体能力抜群の騎士アカデミーの生徒用にと、かなり激しく複雑にされている。

そのせいかレオーネの豊かな胸元はかなり揺れるのだが、そこに視線を感じて恥ずかしいのかも知れない。まだまだ初心な少女ゆえ、仕方のない事だろう。

イングリスはワイズマル劇団の舞台に立つのは二度目なので、ある程度慣れているが。

リーゼロッテは堂々としたもので、自信に満ちた強気な表情がある意味挑発的で、これも見る者の目を惹く魅力がある。元宰相の娘であり、皆の中で一番の大貴族の令嬢だ。幼い頃から周囲からの注目を当然として育った者の威厳が、舞台の上で輝きとなっている。

プラムは表情も動きもとにかく一生懸命で、必死な様子だ。多少動きはおぼつかないが、健気な頑張りは伝わって来る。舞台袖のラティが、心配でたまらないという表情でプラムの動きに一喜一憂しているのが面白い。

皆それぞれの魅力を発揮しているが、やはり一番の注目を浴びているのはイングリスだった。少し戯れに流し目をしてみたり、にっこりと笑顔を向けたりするだけで、客席から歓声が漏れる。

客席の中にいるアリーナの様子を窺うと、目を輝かせて舞台上を見つめていた。楽しんで貰えているだろうか？　だとしたら幸いだ。

母セレーナのほうを見ると、確実に目が合った。笑顔を向けると、うんうんと頷きながら目を細めてくれていた。

喜んで貰えているだろうか？　いくら自分に前世のイングリス王の記憶があろうと、自分の母として、慕っている存在である事は間違いがない。

自分は結婚をするつもりも子を作る気も無いので、花嫁姿も孫の顔も見せられないだろう。だから出来るうちに親孝行をしておかなければ、と思う。

「よし――」

さらに盛り上げる、というわけではないが――

「はあぁぁっ！」

イングリスは高く飛び上がり、くるくると空中で回転をしながら、客席の真ん中を仕切る通路へと降り立った。

台本には無かったが、ワイズマル伯爵に申し出て許可して貰った動きだ。

「「おおっ⁉」」

「「す、すごい飛んだぞあの娘――！」」

より皆に見て貰えるように、より皆の息遣いを、それぞれの魔素の流れまでをも感じられるくらいに――

　そうして音楽が終わりに近づいて来ると、イングリスは再び足元を蹴って、舞台へと跳び上がった。

　そして音楽の終了に合わせて全員が集合し、見得を切った。

　客席からは割れんばかりの拍手が起こり、イングリス達五人に降り注いだ。

　余韻を楽しむように一拍を置いた後、イングリス達は舞台袖へ。

「うーん。気持ち良かったわね～」

「な、何とか上手くいきましたぁ～」

　ラフィニアは満足そうな笑みを見せ、プラムはほっと胸を撫で下ろしていた。

「お、思った以上にちょっと恥ずかしかったかな……ちゃんと出来たのかしら――」

「大丈夫ですわよ、レオーネ。自分が気にしているから、人の目が気になるのですわ」

　レオーネとリーゼロッテはそう感想を言い合っている。

「おいプラム――！　思ったよりマシだったぞ、褒めてやらあ！」

「わ！　ラティがそんな事言うなんて。じゃあご褒美に頭を撫で撫でして下さいっ」

「やだよ、なんでそんな……！」

　と、仲睦まじいのを横目に見つつ、ラフィニアがそっと耳打ちしてくる。

「で……？　どうだったのクリス？」

その声と表情は、先程までと打って変わって真剣だ。

「うん。思った通り――今から書くから、校長先生に持って行って」

「分かった……！」

イングリスとラフィニアは、そう頷き合った。

大盛り上がりだったマリアヴェールの踊りの場面が終わった後も、舞台のほうはつつがなく進行していった。

流石に演技の質は本職に及ばないが、踊りや殺陣のような激しい動きでは、イングリスやユアの方が大きく上回っている。

それに――単純な見た目の面で、イングリスが観客の目を虜にしてしまっているという部分もある。総合的に、激しい動きの多いこの舞台においては、本職の女優以上のものを見せられているだろう。

今は物語も佳境に差し掛かった戦場のシーンで、イングリスとユアが激しい空中戦を演じている所だった。

本来ならイングリスの機甲鳥(フライギア)をラフィニアに操縦してもらう所を、急遽(きゅうきょ)プラムに代わって貰った場面だ。

多少プラムの操縦がふらついても、こちらが合わせて飛び回れば問題は無い。

ドドドドドドッ！　ドゴゴゴォォッ！　バキィイイッ！　ドドドドドド――――！

次から次へと機甲鳥(フライギア)を足場に飛び回りながら、高速で展開される美少女同士の戦いに、観客は度肝(どぎも)を抜(ぬ)かれていた。

連続の打ち合いからお互(たが)いの距離(きょり)が離(はな)れ、元の足場に戻(もど)った瞬間――下からの声が耳に入ってくる。

「す、すげぇ……！　マリアヴェールの娘、あんなに可愛いのにあんなに強いのか！」

「ユーティリスの娘も結構可愛いし、胸はあっちの方があるぞ……！」

ユアは相変わらず胸に詰(つ)め物(もの)をして、舞台に臨(のぞ)んでいるのだった。

「んふ」

聞こえたのか、少しニンマリとしている。満足そうなのはいい事だが――

「ユア先輩、ユア先輩……！　次先輩の台詞っすよ……！」

機甲鳥にユアを乗せたラティがこっそり促している。

プラムが心配過ぎたのか、ラティは全ての台本を完全に覚えているようだった。

こういう所で助けてくれるのは、有り難い。

「っと……あなた、中々やる――分かった、今は力を借りてあげる。けど決着は後でつける」

劇中の、ユーティリスの台詞である。

マリアヴェールの力を認めたユーティリスは、一時的に共闘を認める。

そして、力を合わせてマリク王子の窮地を、陰ながら救った後――

機甲鳥を降ろした舞台の上で、マリアヴェールとユーティリスが対峙する。

「……待て。どこへ行くつもり？」

「目的は果たしました。わたしはこれで失礼します――」

「いいや、許さない」

「？　どういう事ですか？」

と、定められた台詞の掛け合いをしながら、イングリスは胸に沸き立つものを抑えられずにいた。

ここから、どちらが勝つか決まっていない、本気の手合わせのシーンが始まるのだ。

いよいよこの時が——ユアの本当の本気が見られる。

ここまで無事に辿り着いたのならば、後はもう楽しませてもらう……！

「王子の下に駆けつけるのは一人でいい。二人もいたら、王子が迷う——」

「馬鹿な。そんな事のために戦おうなどと、馬鹿げています。そんな事をして、あの方が喜ぶとでもお思いですか？」

個人的な事を言えば、あの方は喜ばないかも知れないが、マリアヴェールの中の人であるイングリスは喜ぶ。大喜びである。

ユアほどの強者と本気で戦える機会、それは何にも代え難い至福の一時。

そのために様々な悪知恵を働かせて屁理屈をこね、周囲を丸め込んで今ここに至るのだ。

絶対に心の底からこの時間を楽しんで、確実に自分の成長に繋げてみせる——！

ここは脚本の上では嫌がらなければならないのが、大変だ。

本音ではもう待ちに待っていたので、思わず顔が綻びそうになる。

「喜ばせるんじゃない、傷つけないため——優しくて、繊細な人だから……」

「間違っています！　あなたがそんな風だから、あの方は……！」

いや何も間違っていない……！

せっかく力があるのだから、ぶつけ合ってお互いの向上を目指すべき。
拳を交えて問題解決を図るというのは、本来ならばあまり好ましくはない。
力を目的のための手段に貶めているからだ。
そうではなく、力そのものを目的とし、正義や理想などは排除する。
それこそが、真に純粋な力への向き合い方だとは思う。
が、これはあくまで架空の脚本。どうでもいい。そんな事より、早く戦いたい。
最近はワイズマル劇団の賄いもあり、食堂も復活し、お腹を満たすのに苦労はない。
反面イングリスの戦闘欲求は、とてもとても高まっているのだ。
「――問答無用。結局はじめから、こうするしかなかった」
ユア扮するユーティリスが、舞台演出用の剣をすっと構える。
見得の効いた、格好のいい構えだ。
「……身に降りかかる火の粉は、払うのみ！」
本音を言えば、身に降りかかる火の粉は、大歓迎――――！　だが。
イングリスも、舞台用の剣を構える。
ダアアァアン！

ユアが足元を蹴る音が高く響き、弾丸のような勢いで突進してくる。

「くらえ……っ！」

振りかぶった剣を打ち下ろす太刀筋は正直滅茶苦茶で、いかにも力任せだ。

当然だろう、ユアは本来剣など使わないのだから。

「させませんっ！」

ガキイイイインッ！

剣と剣がぶつかり、その勢いでお互いの手から弾かれ滑り落ちた。

おおっ！　と歓声は上がるが、こんなものはただの演出だ。

ここまでが、台本である。後は流れで、盛り上げて下さいというわけだ。

本来のユアはあんなに音を立てて踏み込まないし、大袈裟な構えを取ったりしない。

「……」

演出を終えてお互い距離を開け、再び対峙するユアはもう身構えない。

棒立ち気味に、ほんの少し半身になった程度——

そして何の魔素（マナ）も感じない程に、ユア自身の魔素（マナ）が周囲に同化している。

結果、棒立ちで何の強さも感じられない、だが驚異的（きょういてき）に強い本来のユアとなる。

「さっさと終わらせて、キスシーンに行く――」

ぼそり、と小さく呟く（つぶやく）ユアに、普段は感じないやる気を感じる。

素晴（すば）らしい。いい戦いになりそうだ――

「「…………」」

お互いに見合ったまま、若干（じゃっかん）の間が空いた。

観客たちもじっと、舞台上のイングリスとユアを見つめている。

きっと凄（すご）いものが見られる――と期待に満ちた視線を感じる。

大体の事は、舞台演出と言えば誤魔化（ごまか）しが利くし、客席はミリエラ校長が魔印武具（アーティファクト）による結界で守ってくれている。

なのであまり気にせず、力を入れて戦ってしまっても構わない。

観客の期待通りのものをお見せしよう――と思う。

「……来ないの？」

「ええ。もう一度、受けてみようかと――」

ユアの踏み込みは、極端（きょくたん）に読み辛（づら）く反応も難しい。

姿を消して移動してくる上、その魔術的現象に対する魔素の動きが極端に小さいように感じるため、視覚的にも、魔術的にも感知が困難になるのだ。

前は魔素を帯びた氷の剣を砕いて撒き散らすか、視覚を断って魔素の動きのみに着目すればどうにか反応できたが——

今度は視覚を断たずに、目を開いたまま受けてみようと思う。

イングリス自身の魔素への感性が以前より増していれば、反応もできるはず。

ここの所、自然の中の魔素と、その奥の霊素の動きを、当然のものと流して受け入れるのではなくて、その微細な流れを掴んで理解するように修練を繰り返して来た。

これは、いつも行っていたお気に入りの修業である自分自身への超重力付加を解かなければ出来なかった。

自分自身に大掛かりな魔素の流れを纏ってしまうため、自然な周囲の環境が分からなくなってしまうからだ。

傍目にはじっと瞑想しているようにしか見えないため、ラフィニアには体調不良を疑われたが、物理的、身体的負荷に偏りがちだった修業を見直すにはいい機会だった。

その成果を試してみる——という事だ。

「どうぞ、いつでも撃って来て下さい」

「んじゃ――」

と、ユアは人差し指をぴっと立て、親指もそれと直角に、指鉄砲（ゆびでっぽう）の形を作る。

「ばきゅん」

バシュウウゥウゥウッ！

「っ⁉」

前にユアが星のお姫様（スター・プリンセス）号の機能を暴走させた時のものに酷似（こくじ）した、光弾（こうだん）だった。

バヂイイイイイッ――！

受け止めると、煙（けむり）と共にずっしりとした重い手応（てごた）えが。

「これは、あの時と同じ……⁉」

「うん。あれでやり方覚えたから――」

一度きりのたまたまの事故で、技として身に着けてしまったというのか。

素晴らしい。あっという間に新技を身に着け、強さを増してくれるわけだ。

いや、それはそうと今のユアの声は、真横の耳元から――――！

どむっ！

脇腹に、衝撃。

体が大きく吹き飛び、一瞬で壁が目の前に迫る。

素早く身を捻り壁を蹴り、激突は避けた。

「うおっ⁉　ユーティリスが一瞬消えなかったか……⁉」

「それに――あ、あんなに華奢なのに、何て力だ……！」

「でも、平気な顔して、戻って来てる方もすげえ……！　なんだあの身のこなし――！」

ユアの消える動きと、人を簡単に壁に激突させる程弾き飛ばす力。

さらにそれを受けても、異様な速さで体勢を立て直してみせるイングリスに向けても、歓声が上がる。

「凄いです、驚きました……！」

イングリスは思わず笑みを浮かべつつ、舞台のユアの前に舞い戻る。

あの光線の魔素の動きが激しかったため、ユアの移動の痕跡が消されて見切れなかった。

小さな波を大きな波でかき消すようなものだ。

木を隠すなら森、とも言えるだろうか。

それを意図して行った戦法かは分からないが、魔素の動きからユアの動きを先読みする難度は、確実に前よりも上がっていた。

何とも素晴らしい先輩がいてくれたものだ。

この手応え、この進化の速さ――最高の才能、最高の訓練相手である。

天恵武姫として忙しいエリスやリップルと違い、ユアはいつでも騎士アカデミーにいてくれるのだ。

基本的に本人にやる気が無いのが困りものだが、この公演の期間中はキスシーンを目当てに本気を出してくれるだろう。

今後とも、ユアとは何度でも戦いたい。

上手く乗せて手合わせをして貰える方便を、色々と用意しておかなければ。

「また、効いてない……？　前より強いはずだけど――？」

ユアは自分の手を見て、首を捻っている。

「そんな事はありませんよ、受けた所が痺れています」

確かに、その威力は前に受けた時よりも増していた。

疼くような痛みが、脇腹を中心に半身に広がっている。

何度も受けていいような生半可な威力ではないが、何度も受けたい痛みでもある。心地よい戦いの痛みだ。これほどの手応えはなかなか無い。

「前はまだまだ手加減をしていたんですね――」

「いや……そんなに。最近何か体の調子いいから」

肩をぐるぐると、回してみせる。

「成長期、ですね。素晴らしい事だと思います」

「そう？　ケンカが強くなるより、こっちが成長して欲しいけど――」

と、ユアは詰め物でぷっくり膨らんでいる胸元を撫でる。

「強くなる方がいいですよ、絶対」

「それはそっちが、元々でっかいから言えるだけ――」

「いえ、そういうわけでは――」

まあ確かに我ながらイングリスの胸は立派で、見栄えはするけれども。

それによって男性に注目されたり、あるいはモテたりする事には何の嬉しさも感じられない。

自分の精神が男性だからだろうが――嬉しいのは鏡で自分自身の姿を見て見応えがある

事と、大きい方が似合う服を着こなせる事だろうか。

「胸で負けてる分、ケンカでは勝たないと――キスシーン、したいし」

「はい、では続きを……！」

「うん。じゃあもう一発――ばきゅん」


バシュウウゥゥウッ！


「ならば、こちらも……！」

ぴっと指を立て、ユアの光線の軌道に合わせて――

霊素穿！


ビシュウウゥゥウッ！


イングリスの放った細い青白い霊素の光が、ユアの放った光と衝突。

丁度お互いの中間の距離で、捻れて弾けて消滅した。

「お……!?」

ユアは驚いたのか、少し目を見開く。

「む――!?」

イングリスも驚いた。

小技(こわざ)とはいえ、こちらが放ったのは霊素(エーテル)だ。

ユアの光を貫(つらぬ)いて突(つ)き抜けると思っていたのに、お互いに消滅した。

やはりこちらの見立て以上に、威力が高い――いい事である。

それに消滅した事で、こちらの計算が外れるというわけでもない。

「ばきゅんばきゅんばきゅん」


バシュ！　バシュ！　バシュウウゥゥゥッ！

三連射！


「させませんっ！」

イングリスも三連射で対抗(たいこう)し、お互いの中間で光が弾ける。

それが目くらましのようにもなり――光とともにユアの姿が消える。

「はあぁぁっ！」

――と同時にイングリスも既に動き始めている。

自分の左斜め後方に、強く踏み込み背中からぶつかるような当て身を――

放った瞬間、寸分違(たが)わずそこにユアの姿が現れる。

ドゴオオォォッ！

「ぐぼあ」

猛烈(もうれつ)な勢いで吹き飛ぶユアの体。床(ゆか)に激突すると、そのまま一度大きく跳(は)ねた。

「よし……！」

イングリスは一つ頷(うなず)く。

当初の狙(ねら)い通り、目を開けたまま魔素(マナ)の動きを察知する事が出来た。

初撃を貰ってしまったのは、ユアの放った光線によって、近くの魔素(マナ)の動きが乱されて紛(まぎ)れてしまったからだ。

今回は霊素穿(エーテルピアス)によって遠くで光線を相殺(そうさい)したため、イングリスの間近の魔素(マナ)の動きは乱されずに済んでいる。

霊素穿(エーテルピアス)で迎撃(げいげき)したのが肝(きも)で、こちらからは霊素(エーテル)を放ったものの、魔素(マナ)とは別物であるため、ユアの動きの痕跡である僅(わず)かな魔素(マナ)の流れをかき消さずに済んだのだ。

だから、反応できた。目を開いたままでそれを行えた事は、確かな進歩の証(あかし)だろう。その点では、満足である。

しかしその事と、勝負の結果とは別。

床にぶつかって大きく跳ねたユアの体が、そのままふっと掻き消えた。

「――！」

間近に魔素の動きは感じない――

しかし、視界の右端にふっと歪んだ影が。指鉄砲の構えをしたユアが、そこに出現した。

単純な距離としては、先ほど向き合っていた時よりも近い。

ちょうど霊素穿が弾けた中間位置くらいの距離だ。

遠距離の間合いを半分に詰めた、という事になる。

バシュウウゥゥッ！

その位置から、現れざまに光線が放たれる。

「そこっ！」

ビシュウウゥゥゥッ！

即反応し、霊素穿で迎撃。

しかし——

「しまった……!?」

迎撃した距離が、近過ぎるのだ。

弾け散る魔素の動きの余波を感じる。感じてしまった。

という事はつまり、ユアの動きが隠されてしまうという事だ。

先程より近くから撃たれたため、同じタイミングで迎撃してもこうなってしまった。

となれば次のユアの踏み込みを、イングリスは読み切れない——

「はっ！」

それが分かった瞬間、イングリスは床を蹴って真上に跳躍した。

ユアがどこに現れるか分からないが、緊急避難だ。

上から広い視野を確保して、ユアの次の動きを追う——

はずだったのだが——

「いらっしゃい」

頭上から、声。

「……!?」

咄嗟に振り向こうとして、蹴りを構えるユアの姿が一瞬だけ視界の端に映った。

どごおぉぉっ！

物凄い衝撃に叩き落とされて、床が一気に目の前に迫る。

「くうっ！」

四つん這いのようになって何とか堪え、即座に手足を使って飛び退く。

「やりますね――！　さすがです先輩っ！」

ぼーっとしているように見えて、実に巧みな動きだ。

光線が迎撃されても、その余波がイングリスの魔素への感知を乱す絶妙な位置から撃って来たのだ。

ユアには何が起こって、何故攻撃がイングリスに読まれたのかがちゃんと分かっているのだ。

分かっていて、もう次には対応した動きを見せてくる。センス抜群だ。

「さらにばっきゅん」

また近い位置に現れたユアが指先から光線を放つ。

この位置では、霊素穿での迎撃は無意味。

弾けた余波で魔素（マナ）が読み切れない。

かといって、迎撃をしなくても、突き進（すす）んでくる光線は周囲の魔素（マナ）の流れを乱す。

どちらにせよ、続くユアの消える踏み込みは、イングリスには見切れない。

ユアにとっては必殺の間合いだ。

もしどんな手を使ってでも攻撃を防ごうと思えば、霊素殻（エーテルシェル）を使うのが手っ取り早い。が、そんな無粋（ぶすい）な真似（まね）をするつもりもない。

このまま、この凌（しの）ぎ合いを制してこそだ――

絶対的な手段を使って楽に勝負に勝っても、自身の成長に繋がらない。

そして――こちらにもまだ打つ手がある……！

「こちらから、踏み込みますっ！」

イングリスは身を低くし、光線に真っ向から突っ込んだ。

顔の真横を光線が掠（かす）めるが、速さが命だ。

ユアが発射後に動き出す前に、こちらから踏み込んで攻撃するのだ。

近い間合いではあの光線が魔素（マナ）の動きを乱すのを止められないが――

その分、踏み込んで仕掛（しか）けるのも容易だ。

間合いの取り方一つによって、戦いの様相は様々に変わる。

これ程の試行錯誤を要求される相手――面白い！

「はあぁぁあっ！」

「こうなったら殴り倒す――」


ドゴオオォォォオンッ！


正面衝突したイングリスの拳とユアの拳が、恐ろしいまでの衝撃音を放つ。

正面からのぶつかり合いは、突進の勢いもあってかわずかにイングリスが圧した。

ユアが一歩二歩と、たたらを踏んで後ろに下がる。

「まだまだっ！」

ここは攻め時――！　この密着した間合いなら光線を撃つ隙は作らせない。

イングリスは更に一歩踏み出し、回し蹴りを放つ。

ユアは腕で防ぐがそれが弾かれ――そこでその姿がふっと歪む。

「逃がしませんっ！」

姿を消す動きをしても、魔素の動きを感じる事が出来る。

右に四歩、突進して肘打ち！

寸分違わずその軌道にユアが現れ、肘が横腹に突き刺さる。

「ぐふう。痛い――」

ちっとも痛そうではなくそう漏らして、ユアが少し蹲る。

初めて有効打になっただろうか――？

「力負け……？　いや、まだまだ――」

ユアの瞳が、淡い虹色の輝きを放ったように見えた――

「はぁあっ！」

「キスシーンを諦めない。絶対にだ――」

イングリスの追撃の蹴りを、ユアは片手を構えて受ける。

不利なその姿勢では、体ごと弾き飛ばしてもおかしくはなかったのだが――

ドガッ！

「むっ……!?」

全く、微動だにせずに受け止められてしまった。

「キスシーンキスシーンキスシーン――」

返しに飛んで来た拳を受けると――

先程までとは明らかに次元の違う力で、守りごと大きく弾き飛ばされた。

ドゴオォォンッ！

受け身も間に合わず、イングリスの体は背中から壁に激突する。

「ぐうぅぅ……!? す、凄いですユア先輩――！」

これは、エリスやリップル達天恵武姫（ハイラル・メナス）をも上回る力かも知れない。

素晴らしい！ まだ力を隠していたとは――

「すごいばっきゅん」

今度の光線は虹色の尾（お）を引くような輝（かがや）きだった。

「霊素穿（エーテルピアス）！」

光がぶつかり合って――霊素穿（エーテルピアス）が押（お）し負けて消滅した。

「くぅっ！」

飛んで軌道を避ける。ユアの放った光が壁に大穴を穿（うが）った。

――知らない。後処理はワイズマル伯爵（はくしゃく）に任せよう。

ユアに視線を戻した瞬間、すでにその姿は掻き消えていた。

この状況ではイングリスにはユアの動きが追えない――はずだったが、違った。

「……！　分かるっ！」

先程からユアの力は明らかに増していた。

増している分――魔素の動きが大きく分かり易くなっていたのだ。

恐らくユアにとっても慣れない力で、それ故に周囲に合わせて流れを隠蔽する程には制御できないのだろう。

これでは視覚的に消えただけ。

魔素の流れは目に見るよりも明らかだ――

「見切った――！」

渾身の蹴りで、飛び込む！


ドカッ！


蹴りは狙い通り、姿を現したユアを捉える。

しかし、先程と同じく微動だにしない。

これは明らかに、ユアの力が一段上の、次元の違うものになったという事――

ならばもっと上の戦いが、楽しめる！

「はあぁっ！」

霊素殻（エーテルシェル）を発動したイングリスの体が、青白い光に包まれる。

「反撃（はんげき）」

ズガアアアァアンッ！

ぶつかり合った拳の威力。今度はその余波が吹き上がり、天井（てんじょう）を打ち貫（ぬ）いて立ち上って行った。

――知らない。今はもうこの戦いを、止（や）める気はない！

この目の前のユアと、至福の一時を……！

と、ユアを見て一つ気が付いた。

「ユ、ユア先輩――その耳はどうしたんですか……!?」

「ほえ？　耳？」

「気付いていませんか？　リップルさんのような耳が――」

いつの間にかユアの頭部に、ぴょこんと生えているのだ。

「お？　ほんとだ何かある」

「それに尻尾(しっぽ)も――」

「おお、ふさふさ。きらきら」

まるで獣人種(じゅうじんしゅ)のような耳と尻尾が生え、それがキラキラと虹色に輝いているのだ。

獣人種。虹色。強大な力。つまり、つまり――

そう、今のユアの力の雰囲気(ふんいき)は、あの先日現れた――

元はリップルの父親だという虹の王(プリズマー)によく似ているのだ。

「ま、まさか虹の王(プリズマー)の力……!?」

「……って何？」

きょとんと首を捻られた。

「いや……魔石獣(ませきじゅう)の最強種です。この間現れて、ユア先輩が取り込まれてしまった――」

ユアはあれを何だと思っていたのだろう？

「おお。キラキラした化け物」

「え、ええそうです――それと同じ耳と尾が、今ユア先輩に……」

これはどういう事なのか？

ユアはあの虹の王(プリズマー)の幼生体に取り込まれていたが——？

考えられるのは——あの時は、ユアが吸収されて消えてしまうかも知れないと皆(みな)心配していたようだが、逆だったかも知れないという事だ。

つまり、ユアのほうが虹の王(プリズマー)の力を吸っていたのだと、イングリスは推測する。

自然現象に近いくらいに自らの魔素(マナ)を環境に同化させる力を持つユアならば、虹の王(プリズマー)の体内環境にも紛れてしまえたのだろうか？　そして同化して、力を奪(うば)ってしまったと……？

顔を忘れたと恐ろしい事を言っていたユアの父親の、世界に還(かえ)れという教えは凄いものだ。ユア共々、一体何者なのだろう。興味が尽(つ)きない。

推論は間違(まちが)っているかも知れないが、事実として今のユアは虹の王(プリズマー)のものらしき力を宿している。

体に特に問題が無いのならば、強い先輩がいるのはいい事だ。

「何にせよ、素晴らしい力ですよ！　さあこのまま手合わせを続けましょう——」

それに、前回のあの虹の王(プリズマー)も、ユアに力を吸われていたため本来の能力ではなかったとすれば、それもいい事だ。

本当の万全(ばんぜん)な虹の王(プリズマー)は、もっともっと強いというなら、より戦い甲斐(がい)があるというもの

だ。

面白（おもしろ）くなってきた――！　これなら全力での手合わせが出来る――！

「ごめん。なんか眠（ねむ）い」

「え？」

ばたん。

ユアがいきなり、その場に倒れた。

そしてすうすうと寝息（ねいき）を立て始める。虹の王（プリズマー）の耳と尾も消えていた。

「あ、ちょっとユア先輩、起きて――」

会場に、ワイズマル伯爵の甲高（かんだか）い声が響（ひび）き渡（わた）る。

「かくして、ユーティリスに勝利したマリアヴェールは、マリク王子の下へ向かうのでした――」

わあああぁぁぁっ！　ぱちぱちぱちぱちっ！

観客から歓声と、拍手。

舞台転換のために幕が下りて――

「いやあ、劇場が壊れる前に決着ついて良かったな――」

「で、でも何日も持ちませんよ、これじゃ」

と言いながらサッとラティとプラムが出て来て、ユアを抱え上げて舞台袖へ連れて行った。

これはつまり――イングリスが勝ってしまった流れになっている……！

「し、しまったあぁぁぁぁぁぁっ！」

夢中になり過ぎて、勝ちをユアに譲る機会を逃してしまった……！

「しーっ……！　大声出すな、お客さんに聞こえるだろ……！」

「キスシーン、頑張って下さいねっ」

ラティとプラムに、そう言われてしまう。

これはまずいこれはまずいこれはまずい――！

イングリスの心の中を、ただそれだけが支配していた。

第7章 ✦ 15歳のイングリス　ふたりの主演女優　その7

まずいまずいまずいまずい……

いけないいけないいけないいけない――

やってしまったやってしまったやってしまった――！

舞台背景が入れ替えられ、すぴーすぴーと寝息を立てるユアが撤収され、着々とキスシーンの準備が整って行く。

マリク王子役のイアンも、緊張の面持ちで舞台袖からやって来る。

「さ、最終シーンですね。が、頑張りましょう……」

「え、ええ……」

何も言わずに無視するのも無礼なので一応頷いた。

が、背筋にぞくりと悪寒がした。嫌な汗が噴き出して来るのがはっきり分かる。

端から見れば、ユアと激しい立ち回りを演じて息が上がっているだけに見えるかも知れない。

もしくは、はじめてのキスが舞台のキスシーンとなる事になった純真な少女が、緊張と恥じらいに耐えているようにも見えたりするかもしれない。

――否、否！　断じて否である。

単に嫌なのだ。イングリスの生物的趣向として絶対にあり得ない。

まだ相手がラフィニアは無いにしろ、レオーネやユア達なら出来ない事はないが――いくら美少年とはいえイアンが相手なのは無理だ。生理的な拒否感に体が震える。

怖い。そして恐ろしい――！

どんなに強力な魔石獣よりも、どんなに残忍な天上人よりも、どんなに怒った母セレーナよりも、どんなに食べるものが無くてひもじい、空腹よりも……！

嫌だ嫌だ嫌だ嫌だ嫌だ……！

心の中で叫んでいるうちに、幕がサッと上がっていく。

客席の様子が見える。思わず救いを求めて、ラフィニアの姿を捜してしまう。

騎士アカデミーのために用意された特等席の中、レオーネやリーゼロッテと一緒に、三人並んで座っている。

そして三人とも、キラキラと期待と興奮に満ちた目をしている――

ダメだこれは。三人とも鼻息が荒い。

イングリスのキスシーンにわくわくしている状態だ。
三人それぞれ性格は違うが、こういう事は未経験な少女達だ。
興味があるのは分かるが――これでは何も期待できそうにない。
三人の目が言っているのだ。
やれ！　見せろ！　そして感想も聞かせろ――！　と。
「ああマリアヴェール。私を救いに来てくれたのだね……！」
イアンの澄んだ声が、舞台から響き渡る。
キスシーンの演技がとうとう始まってしまった。
――こうなったら目の前のイアンに期待するしかない。
イアンがあれをやってくれれば……！
「はい王子様。あなたのためなら、わたしは何度でも、どこへでも――」
イングリスはじっとイアンを見つめながら台詞を述べる。
それは愛しい相手を前にしたマリアヴェールの気持ちを表す演技――ではない。
促しているのだ。早くしろ――と。頼むから、この舞台をぶち壊して頂きたい。
イアンにはその可能性があるはず……！
杞憂で済めばいいと思っていた。

ユアとの本気の手合わせという、やっと叶った機会を逃したくはなかったから。

しかし手合わせも終わり、こういう状況になってしまった今——

杞憂では困る！　さあ早く、舞台をぶち壊すような事件を——！

いきなりイングリスの首に刃物を突き付けて、「フハハハハ！　この劇場は我々が占拠した！」などと言い出してくれて構わない。大歓迎だ。

さもなければ——イングリスがイアンを殴り倒してしまいかねない。

しかしその後どうやって誤魔化すか——何の罪も無いのなら、流石にイアンに悪いというのもある。

逡巡しているうちに、イアンの台詞が続く。

「ありがとう。これからはずっと、私の側にいて欲しい——」

イアンの手がイングリスの髪と、頬に触れる。

反射的に体が拒否して、ビクンと震える。

「——ひぃっ……」

「？」

「あ、いや——よ、よろこんで……」

本心では全く喜べない。

思わず力が入って握り拳が自然と出来る。

「ああ、マリアヴェール……」

イアンの顔がすっと近づいて来る。

――まさか、このまま何もなく最後まで演技を続けるつもりか……!?

その方がイングリスにとっては大事件なのだが。

まずいまずいまずいまずい――！

どんどん高まる悪寒と危機感。

しかしイアンの顔はもう間近で、唇が触れそうに――

――駄目だ！　限界だ……！

「……っ!?」

握り固めた拳で殴り倒すのは何とか自制した。

だが、顔を大きく客席の方に逸らして避けた。

同時に、イアンが耳元で囁いた。

「すみません、舞台はここで終了です」

「――！」

客席でキラキラした目をしてこちらを見つめていたラフィニア達の姿が無い。

いやそれ以外の観客も。そもそも客席そのものが無くなっていた。

「おお……！　これは――」

周囲が何も無い空間へと、一瞬(いっしゅん)で切り替わっていたのだ。

壁(かべ)も縁(ふち)も無く、あるものと言えば辺りを漂(ただよ)うキラキラとした黄緑色の光の粒子(りゅうし)だ。

これは以前、天上人(ハイランダー)のファルスがイングリス達を閉じ込めた空間に酷似(こくじ)している。

確かこの粒子には魔印武具(アーティファクト)の活動を封(ふう)じる効果がある。

イングリスの操(あやつ)る魔素(マナ)も同様だった。

「あなたや、ユアさんがいくら強くても、ここなら力を発揮できません――暫(しばら)くここで大人しくしていてください。ラティ君と、プラムちゃんも……」

振(ふ)り向くと、ラティとプラムの姿もあった。

寝息を立てているユアの姿もその近くに。

どうやら巻き込まれて、転移させられたようだ。

「イアン……！　こ、これはお前がやってるのか――!?」

「ど、どうしてイアンくんがこんな事を……？　まるで魔印武具(アーティファクト)みたいな――」

「はい――少し、お話しして待ちましょう。仲間達が使命を果たすのを――そうしたら一緒にアルカードに戻(もど)りましょう？　この国にはいられなくなりますから……」

「ど、どういう事だ――何をするつもりなんだよ、お前……！」

「教えて下さい、イアンくん！」

「……カーリアス国王陛下を討(う)ち、亡(な)き者(もの)にします――ですからここで、大人しくしていてください」

「なっ……⁉」

「そ、そんな馬鹿(ばか)な事――！」

「はぁぁ～～良かったあ……」

「「はぁ⁉」」

ラティとプラムの声が完全に揃(そろ)った。

「な、何言ってんだよイングリス……⁉　大変な事だぞ⁉」

「そ、そうですよ――！　何を考えているんですか……⁉」

「何をって？　キスシーンしなくて済んで良かったなって――」

「おいおいおい……！　そんな事どうでもいいだろ⁉」

「そ、それはそれで大事かもですけど、もっと大変な事が起きてますよ、イングリスちゃん……！　は、早く止めないと……！」

「うん、それは大丈夫(だいじょうぶ)だよ。ラニ達が防いでくれるから」

「えぇっ……⁉　イングリス、お前こうなるって分かってたのか……⁉」

「す、凄いです……！　私は何も――」

「可能性があるっていうだけだったけど――ね」

昨夜、アリーナを送り届けた際、ディーゴーという男と話すイアンを見かけた。

その内容は穏やかではなかったし、ラティも国を出てワイズマル劇団に参加しているイアンの行動に違和感を抱いていたようだ。

イアンの性格ならば、領地が滅ぼされて、アルカードの王都にまで大きな被害が出たという状況でそこを離れるのは考え辛く、残って復興に力を尽くすはずだと。

何かそうせざるを得ないような事情を、イアンは隠している――という事になる。

それに――イアンの性格や行動の違和感は、知り合ったばかりのイングリスには分からないが、別の明らかな違和感はイングリスも抱いていた。

それはイアンの魔素だ。

最近はユアの影響で周囲の魔素を探る事に凝っていたのだが、イアンの持つ魔素の流れは明らかに常人のそれではなかったのだ。

普通は、何もしていないなら魔素は全身を覆うようにゆっくりと流れているものだ。強弱などの性質や波長の細かい差異はあるが、基本的には皆そうだ。

それが人の体だ、と言い換える事も出来るだろう。

それがイアンは、胸の心臓があるあたりの一点で、全ての魔素が集中しているという異様ぶりだった。

凡そ常人ではなく、何か隠しているのは明らかで、それにイアンと会っていたディーゴーという男も同じように魔素の面で異相だった。

ラティがイアンの行動への違和感を口にした時、無理に詮索せずに、そっとしておいた方がいいと言ったのは、むしろラティが危険に巻き込まれるのを避けるためだった。

ただ、それだけでイアンを捕まえるわけにはいかないし、ワイズマル劇団の公演を中止するわけにもいかない。

それに何より、イングリス自身はユアと本気の手合わせをしたかった。

だから、何かあった時の備えをして本番に臨んだ。

急遽予定を変更して、機甲鳥の操縦をラフィニアからプラムに代わって貰ったり、客席を保護する結界をミリエラ校長に張って貰ったりしたのはそのためである。

手合わせの流れ上、イングリスとしてはむしろ何かを起こしてくれた方が助かったのは事実で、そこは感謝をしつつ、カーリアス国王の暗殺という企みは止めさせて貰う。

今頃異変に気付いたラフィニア達が動き出しているだろう。

「気付いていた……んですか？　どうして――⁉」

「魔素の流れが――あなたは普通ではありません。なのに、あなたは普通に振る舞おうとしていたので、ずっと違和感は抱いていました。それに、あなたが会っていたディーゴーという男性もそうです」

「……！　そうですか――そんな事まで……」

「見かけたのは完全に、偶然でしたが」

見かけて疑念はより強まったが、見かけていなくても似たような備えはしただろうとは思う。カーリアス国王が見に来るというのもあるし、何より母セレーナや伯母イリーナにビルフォード侯爵が見に来るのだ。家族のために安全は確保しておきたかった。

「ディーゴー⁉　ディーゴーってあの、ディーゴー将軍か⁉」

「ラティ、知ってるの？」

「アルカードの将軍だよ。ウチの国じゃ、一番強いって有名だった――」

「へえ……」

それは楽しみだ。後で手合わせできるかもしれない。

「イアン！　じゃあお前の家の領地や、王都が虹の王に襲われたっていうのもウソなのか……⁉　だったら――！」

「そんな筈（はず）がないでしょう……！　そうでなければ、こんな事にはなっていません――」

イアンは自らの服を剥（は）ぎ取り、その体を露（あらわ）にする。

「……！」

「な、何だそれは……!?」

「イ、イアンくん……!?」

イアンの体は首の部分以外は殆（ほとん）どが人のそれではなく――機甲鳥（フライギア）の中身に詰（つ）まっているような機械だった。

胸の心臓の部分は、その機関部のような輝きを放っている。

魔素（マナ）が集中しているように感じられたのは、その部分だ。

「大戦将（アークロード）のイーベル様が与（あた）えて下さった、天上領（ハイランド）の技術です……！　虹色の魔石獣に襲われて――僕（ぼく）は半身を失いました。そんな僕が出来る事は、これしかありませんでした――これなら僕も戦える……！　亡くなった家族や、領民の皆さんや、国のために……！」

「イーベル様が……？」

その名を久（ひさ）し振（ぶ）りに聞いた。

彼（かれ）は先日の王城上空での戦いの中で、武器化した天恵武姫（ハイラル・メナス）を手にした血鉄鎖旅団の黒仮面に討ち取られていたが――

この国に乗り込んでくる前は、北のアルカードに手を出していた、という事だろう。

「馬鹿言え……！　こんな所まで来て、他所の国の国王様を殺そうとして、それが何の国のためになるって言うんだよ⁉」

「それが天上領の意思です……！　魔石獣によってあんな大被害が出た今、国を守る体制は根本的に見直す必要があります……！　それは今までより多くの魔印武具や、出来る事なら天恵武姫をも天上領から下賜して頂くという事です……！」

　それは、そうだろう。イアンの言う通りだ。

　地上の国が魔石獣に対し今までより強い対応をしたいのならば、今までより天上領への依存度を高める他はない。

　魔石獣と戦うには、魔印武具が必要だ。

　それは個人の心がけや修練でどうにかなるものではない。

「ですが、アルカードの国にとてもそんな余裕はありません――今まで精一杯だったんです……！　だから大戦将のイーベル様の命に従って……！　上手くいけば、天恵武姫を下賜して頂けるんです……！　そのために、国王陛下は決断されました。そのためなら、僕もこの身を捧げます――！」

「それじゃ自分達さえ良けりゃ、他はどうなっても構わねえって事だろうが――！　あの温厚な親父が、そんな……っ！」

「ラティ！　それは……！」

「ラティ君！　いけません……っ！」

プラムばかりかイアンまで、口を滑らせたラティを窘めていた。

そうするあたり、イアンは本当にアルカードの国の意志、命令でここにいるという事なのだろう。

ラティの発言内容から、彼がアルカードの王子だというなら、それはアルカードの人間にとっては何をおいても守るべき対象となる。

イアンがディーゴーという将軍と話していた時、何か反対するような気配だったのはそのためだろう。

ラティを巻き込む可能性があったからだ。

今こうしてしっかりラティを隔離している所を考えると、イアンとしても狙い澄ましたタイミングで行動を起こしたのだろう。

「――あんまり驚かねえんだな、イングリス」

「最初に、イアンさんも何か言ってたし――ね」

イアンを疑ってかかった場合、あの発言も気にはなっていた。

だからそういう予感も無くは無かった。

それに——イングリスは『王子様』という存在に惹かれるものが無い。

これがラフィニア達普通の少女だったら色めき立っただろうが、イングリスにはその肩書に興味が持てない。

イングリスから見る男性は——強いかどうか、そして本気で手合わせをしてくれるか、それだけである。

そういう意味ではラティよりイアンに興味があるかも知れない。

「……他には黙っといてくれよ？　元々身分を隠して、留学して来たんだ——」

「うん。分かった——じゃあもう戦っていい？」

あの機甲鳥のように機械化された体は、どのような力を持っているのか——

地上人から天上人になったラーアルやファルスに比べて、強さはどうなのか？

戦闘力に特化すればああなるのか——

単に天上人の体を与えるような功績が無い者に、力を与える代わりに絶対的な服従を強いるための仕打ちなのか——

あの状態になってしまえば、天上領の技術無くして生命を維持することは難しいだろう。

つまり、生き続けたければ絶対服従するしかない。

イーベルという天上人は、見た目は少年だがかなり残酷な性格をしていた。

楽しみのために人をああいう姿に変える事も、平気でするだろう。

――どちらかは、戦ってみれば分かる。

天上人のファルスと同様の異空間を生み出している事を考えれば、互角以上のものは期待できるだろうが――

イングリスとしては、もっともっと上を求めたい所だ。

もうキスシーンという最強最悪の危機は去った。

あとは絶妙に舞台を壊してくれたイアンに感謝をしつつ、見た事の無い機械兵士とも言うべき存在との戦いを楽しみたい――のだが、そうも言っていられない事情がある。

「ちょ、ちょっと待ってくれ……！　もう少しあいつを説得させてくれ――！」

「ごめん。ラニが心配だから――早く見える所に行かないと……」

ここにいると、空間の外で別動隊と戦っているであろうラフィニアの様子が見えない。

見える所にさえいてくれれば、時間をかけて手合わせを楽しみたい所ではあるが――

だが、物ごとには優先順位というものがある。

まず第一に、ラフィニアの安全を確認できる場所を確保する事。

それが出来ていないと、安心して楽しめないのだ。

「……わ、わかった。どの道俺にはどうする事も出来ねえからな、情けねえけど――」

「そんな事ないよ。じゃあ後は任せてね」

イングリスはラティの肩をポンと叩き、前に進み出る。

「警告します。イアンさん、わたしを足止めしたいのであれば、今すぐ元の空間に戻して下さい。ラニの安全が確保されれば、あなたとゆっくり戦うのも吝かではありません。ですが要求を聞いて頂けないならば――容赦はしません」

「……それはお断りします。それにいくらあなたが強くても、この場所ならば先程のような力は出せません。僕を倒す事は不可能です――」

イアンは冷静にやや無表情に、そう答える。

「では、倒させて頂きます」

「やれるものな――」


ズシュウゥウッ！


音と共に、イアンの目が驚愕に見開かれる。

「ら、あぁぁぁぁぁぁ……っ？」

イングリスの貫手が、イアンの胸部を貫き背中から飛び出していた。

手加減無しで霊素殻を発動した全速力である。

ラフィニアのためなら、相手の強みを受け止めて、そして勝つという戦いの王道も放棄せざるを得ない。その事に迷いは無いのである。

「ば、馬鹿な……全く見えなかった――ど、どうしてこんな力が……!?」

「すみません、今は説明する時間がありませんので――」


ビシュビシュビシュビシュッ！


霊素を帯びたイングリスの手刀が、イアンの体をいくつもの破片に斬り刻んで行く。

機械化された体はガランガランと音を立てて、その場に転がって何も言わなくなる。

「す、すげえ……！　で、でも……あっけないもんだな――」

「イアンくん――」

ラティもプラムも、顔を伏せて辛そうな顔をしていた。

「ううん、まだ終わってない」

イングリスだけは、警戒を解かなかった。

普通、術者が倒されれば魔術も崩れ、異空間は消滅し元に戻るはず。

だが、その気配が無いのだ。という事は――

「……驚きました――この『封魔の檻』の中では、魔印武具やそれに準ずる力は効果を封じられるはず……天上人の技術で造られた今の僕の体ならばその影響を受けず、だからこそこれは必殺の罠であり、最高の防御手段のはず……！　それが、あんなにもあっさりと……！　……そうだ、ひょっとしてイーベル様は僕を騙して……!?」

何もないどこか遠くから、イアンの声が響いて来る。

やはりまだ――仕組みは分からないが健在のようだ。

「あの方の名誉のために言っておきますと――効果はありますよ？」

まあ既に亡くなってしまった人物なので、名誉も何もあったものではないが。

それにそもそも、それほど褒められるような人格でもなかった。

「では何故……!?　あなたは鉄を殴って砕くような怪力なんですか――？　そんなにすらりとした美しい方なのに――まるで想像できません」

「……出来ないとは言いませんが――要は天上人にとっても未知なるものは存在するという事です。彼等が何もかもを知っている、万能の存在というわけではありません」

確かに地上の人々から見れば、そのように感じるものかもしれないが。

「それから――一つお知らせしますが、イーベル様はもう亡くなりました。彼と約束した取引は、無駄(むだ)になるかも知れませんよ？」

「ええ、こちらに来て噂(うわさ)で知りました――ですが計画は続行です……！　もしかして、あなたがイーベル様を……!?」

「馬鹿な！　そんな事わたしに出来るはずがありません……！」

やや力を込めて、イングリスは言う。

これも出来ないとは言わないが、する理由が無い。

人間性は褒められないが、イングリスは彼が結構好きだった。

それは有り余る自尊心からか短気で喧嘩(けんか)っ早(ぱや)く、自らの地位や身分もかなぐり捨てて、一対一で戦ってくれるからだ。

その実力は確かだったし、イングリスにとっては、非常に有り難(がた)い存在なのだ。

だから、見えなくなる程(ほど)遠くまで蹴(け)り飛ばしておいて何だが、命は助けたかった。

討ち取るなんて勿体(もったい)なくて出来ない。

腕(うで)を磨(みが)き直して力を増した彼と、何度でも再戦したかったのだ。

なのに黒仮面の手によって――あれは本当に、残念で不幸な事故だった。

「……いずれにせよ、あなたは危険です。放っておけば僕達(ぼくたち)アルカードにとって、致命的(ちめいてき)

な存在になりかねません――！」

「買い被りだと思いますが――」

実力以前に、イングリスにはその気が無いのだから。

世のため人のためには働かない。

だから、逆にどこかの国を亡ぼしたりするために戦う事も無い。

「ですが、そう思って全力でかかって来て下さるのは歓迎します。早く決着をつけて、ラニの所へ行きたいので」

「「「そう冷静でいられるのも、今のうちです――！」」」

その声は、前後左右のあらゆる方向から――

何重にも折り重なって、合唱のように聞こえた。

そしてイアンが姿を見せる――

その声が響いて来た通り、前後左右のあらゆる方向から。

全く同じ姿のイアンが、何人も何人も何人も――

その数は二、三十になるだろうか。

「な……!?　これは――！」

流石にイングリスも驚いた。

これも天上領（ハイランド）の技術か？

だとしたら天上領（ハイランド）の兵士は資材さえあれば無限に作れるという事か。

「イ、イアンが……!?」

「こ、こんなに沢山（たくさん）……!?　わ、悪い夢を見ているみたいです――！」

「人魂（ひとだま）を模造する天上領（ハイランド）の秘儀（ひぎ）――それぞれの僕はあなたより弱くても、力を合わせれば強くなれる……！　イーベル様が僕に与えて下さった力です――！」

「なるほど……いい趣味（しゅみ）ですね」

「だ、だけどイアンくん……そんな事したら――しちゃったら……！　もう誰（だれ）が本当のイアンくんか分かりませんよぉ――！」

「プラムの言う通りだぜ、イアン……！　もうお前がお前だって誰も分からなくなって……！　それって自分で自分を殺したのも一緒だろ!?　それで良かったのかよ……!?」

ラティとプラムは、大量のイアンの存在に、嫌悪感（けんおかん）を露にしていた。

そして哀（かな）しそうに表情を歪（ゆが）めている。

それを見ながら、イングリスはぼそりと呟（つぶや）く。

「でも一人か二人なら――わたしもわたしが欲（ほ）しいかも……」

イアンのように上からの命令や要求で自分を複製されて、それを利用されるような状（じょう）

況は無論我慢ならないし嫌だが――

自分の意志で自分のためだけにもう一人の自分を生み出すのは悪くないと思う。

むしろ自分もやりたい。

アルカードに行けば、イアンをこのようにした設備があるのだろうか。

一度見てみたいのだが――

「何を馬鹿な事言ってんだよ……！　イングリス！」

どうやらラティに聞かれていたらしい。

「え？　でもほらわたしがもう一人いたら最高の稽古相手だし、結局強さって訓練の質と費やした時間と才能の掛け算みたいな所もあるし、最高効率で強くなれそうだと思わない？」

「知るかっ！　俺は真面目に人の尊厳の話をだな……！　いやもういいから、とりあえず話の腰折るなよな！」

ラフィニアみたいな事を言う。

つまりラティも、正義感の強いいい少年だという事だ。

「ラティ君、プラムちゃん――僕もイングリスさんと同じですよ。何とも思っていませんし、満足しています――確かに、存在を模造される事は仲間も皆嫌がって、志願したのは僕だけでしたけれど……」

「そりゃそうだぜ！　そんな、気味の悪い……！　何でお前は……⁉」

「力が欲しかったからです――！　僕も元々、ラティ君と同じ無印者――故郷が魔石獣に襲われて滅びた時も、無力な僕には何も出来ませんでした……だけど、今は違います……！　僕らの亡くなった家族や、領民の皆さんのような悲劇を二度と繰り返さないために……！　僕らの愛するアルカードが、国を守る力を得る手助けをする事が出来るなら――！　僕の体など必要ありません！　人としての尊厳もいらない！　自分が自分でなくなってもいいんです！」

　熱弁するイアンの姿。ラティは正視が出来ずに俯いてしまう。

「イアン……！　だけど、だけどさぁ――こんな事……！」

「ご、ごめんなさいイアンくん……そんな時に私達、側にいてあげられなくて――！」

　プラムは涙を浮かべて、身を震わせていた。

「……ラティの言ってた通りの人だね」

「あ、ああ……そうだな――やり過ぎだけどな……」

　ラティはイアンの性格なら、領地が滅ぼされて王都にまで大きな被害が出たのなら、残って復興を手伝うはずだと言っていた。

これもその一環──国のため、人々のため。むしろその最大限の形なのだろう。

それはこちら側の国からすれば、国王暗殺を狙うという最悪の行為だが。

戦争とは、正義と正義がぶつかる場所においてこそ起こるものなのだ。

「だから僕は、イーベル様の実験に志願しました。そして特別に『封魔の檻』を操る力も授かりました。沢山の僕達が、潜んでおけるように──」

──という事は、これを扱えるのは彼等の仲間ではイアンだけという事か。

しかし、いずれにせよ──

「さぁイングリスさん……！　戦いはこれからです──！　今度こそ……！」

「いいえ、お断りします。ラニの所に急ぎますので」

ここに見えるイアンを倒したところで、また次があるかも知れない。

そうしているうちに、時間はどんどん過ぎる。構っていられない。

ならばもう──空間を破壊して無理やり外に出るまでだ。

恐らく破壊の余波が外に溢れて、劇場が大変な事になるとは思うが。

だからやりたくなかったのだが、こうなっては仕方がない。

イングリスは掌を天に翳し、そこに霊素を収束させた。

舞台のクライマックスである、マリアヴェールとマリク王子のキスシーン。

観客席にいるラフィニア達は、食い入るようにそれを見つめていた。

「おお……来る、来るわよ――――！」

イアン演じるマリク王子が、イングリス演じるマリアヴェールの髪と頬にそっと手を触れようとしている。

盛り上がって来た――――！　見ていてドキドキしてくる。

もしかしたら、イアンや何者かの手による妨害や破壊工作があるかも知れないとイングリスは言い、その備えはしてきたが――――これまで何も異変は起きていない。

決闘シーンで力の入り過ぎたイングリスとユアが劇場の壁や天井を少し破壊したが、それは異変ではなく予想された事態だし、むしろそのくらいで済んで良かったとも言える。

ただ、ユアがいきなり倒れて決着がついてしまったのはイングリスにも予想外だっただろう。

誰よりも綺麗で可愛いのに、誰よりも男の子に興味を示さないイングリスは、自分がキスシーンを演じるのは嫌がっていた。

恐らく、手合わせを楽しむだけ楽しんだら勝ちをユアに譲って、いいとこ取りを企んでいたのだろう。

が——ラフィニアは思っていた。そんなに上手くいくのか、と。

戦いの事になると、つい調子に乗ってやり過ぎてしまうイングリスを、ラフィニアは幼い頃から散々見ている。

だから、この事態はあり得ると思っていた。そして望んでいた。

本気で恥じらうイングリスを見てみたかったからだ。

頬を赤らめて俯いて、少し震える声で台詞を言う今の姿が、まさにそれだった。

「いいわ、可愛い……！　可愛いわよ、クリス……！」

「本当ね……見ているこっちが——」

「ええ、ドキドキしますわね……！」

並んで座るレオーネとリーゼロッテも、目を輝かせていた。

「ああしていると、本当に絵になって可愛いんですけどねえ、イングリスさんは——」

一列後ろに座っているミリエラ校長も、楽しんでいる様子だ。

何かあるかも知れないと警戒していたのが、取り越し苦労であれば結構な事。

ここまで来たら、イングリスのキスシーンを見たい！

そしてこれを機に、また女の子として一皮剥けて、少しは男の子に興味を持って貰いたい。将来的にラファエルと結婚して、ユミルの侯爵夫人になるための第一歩を刻むのだ。

それにこの話をラファエルにすれば、ラファエルの方を焚きつける動機にもなる。

諸々いい事づくめである。だからさあ行け——最後まで！

実は恥じらっているように見えるしおらしいイングリスの姿は、キスシーンが嫌で仕方なく、目の前のイアンを殴り倒しそうになる衝動を必死に堪えていただけなのだが——

そんな事はラフィニア達には伝わらない。

もはや言葉も無く、舞台上の可憐なイングリスの姿にじっと注目して——

キスする寸前で、イングリスが顔を逸らしてしまった。

「あぁっ……！」

と思った瞬間、視界の中のイングリスの姿が消失していた。

「えっ……!?」

ガシャアアァァンッ！

乾いた破砕音が響くと共に、目の前がかなり暗くなった。

イングリス達が破壊した天井の穴から光が入るので、完全に見えない程ではないが。

これは劇場内の照明が落ちたのだ。こんな演出は台本には無い。つまり――

「ラフィニアさん！　レオーネさん！　リーゼロッテさん！　手はず通りで！　後は頼みます！」

流石は校長先生だけあって、反応と切り替えがラフィニア達より一歩早かった。

持っていた杖型の魔印武具を振り翳すと、その姿が歪んで消えて行った。

突然の事にざわついていた、他の多数の観客達も一緒に。

「はい！」

「分かりました！」

「お任せください！」

三人の声が、一気に人がいなくなり、しんとした客席に響く。

しかし、その声を聴く者が、他に誰もいないというわけではなかった。

「こ、これは……!?」

その声は、客席の中央通路近く――丁度カーリアス国王の席があったあたりから響く。

栗色の短髪で、武骨そうなかなり大柄の男。

寒い季節ではないが、首から下がほぼ見えないような厚着。

間違いない。昨日アリーナを送り届けた後に見かけた、ディーゴーという男だ。

それにその周囲にあと二人、似たような格好の男達がいる。

一様にキョロキョロと、一瞬にして人が消えた周囲を見回している。

「な、何が起こった――!?」

「くっ……！　王はどこへ消えた――っ!?」

どうやら、混乱に乗じて闇討ちをするつもりだったようだ。

しかし肝心の標的――カーリアス国王の姿は既にそこには無い。

ミリエラ校長が魔印武具の力で創り出した異空間に隔離されたからだ。先日の事件では、リップルが呼び寄せてしまう魔石獣を周辺への被害を抑えて倒すための隔離に使用したが、今回は安全確保のための避難用だ。

レオーネの持つ黒い大剣の魔印武具も同機能を持っており、本来の役割としてはレオーネがやるべき事なのだが――

現状のレオーネの力では、効果範囲内の全員を転移に巻き込んでしまうのだ。

それではその中に賊が紛れていても、一緒に異空間に転移してしまう事になり、避難が避難にならない、という事が起こり得る。

更に言うと、客席全体を巻き込む事が出来る程の効果範囲も望めない。

その点、特級印を持ち一段上の実力を誇るミリエラ校長ならば、客席全体に届く効果範囲と、賊とそれを排除するための要員であるラフィニア達だけを残して転移する事が可能だった。

だから、不測の事態への対応を検討する上で、何か起きた場合の安全確保役はミリエラ校長にお願いする事になった。

誰が賊かという見立ては、最初の五人での舞踏シーンで、イングリスが客席近くまで飛び出した際に行っていた。

元々の脚本には無いあの行動は、観客へのサービスではなく、怪しい者が紛れ込んでいないかどうかを探るためだったのだ。

判断基準はイングリス曰く『魔素の流れが普通じゃない人』だそうだ。

それでぴったりとあのディーゴーという男も排除されているし、他の者も明らかにカーリアス国王を狙っていた様子であるし、イングリスの見立ては正しかったのだ。

「残念だったわね、国王陛下は安全な所よ――！　あなた達、諦めて大人しくお縄につきなさい！」

ラフィニアは愛用の弓の魔印武具(アーティファクト)――セオドア特使から授かった新しい光の雨(シャイニーフロウ)を構え、高らかに宣言する。

「ラフィニアおねえちゃん……!?」

別の所から、聞いた事のある声がした。

「……!?　あ、アリーナちゃん……!?」

どうやらアリーナもまた、客席の中に取り残されていたようだった。

「どうしてアリーナちゃんが……!?」

ミリエラ校長の手違(てちが)いだろうか？

それとも本当に、イングリスが見繕(みつくろ)った対象になっていたのだろうか？

あの時イングリスは対象の席順を書いていたが――急いでいたので、ラフィニアも中身を詳(くわ)しく確認は出来ていなかった。

「な、何なんだ……!?　あ、あんたウチに泊(と)まってたディーゴーさんだな……!?　これは一体――」

アリーナを人買いした商家の男も、一緒に取り残されていた。

そしてアリーナ以外の、あの家にいた子供達も。合わせて十人程だろうか。

ディーゴーはしかし、それには答えない。耳に入っていない様子だ。

標的のカーリアス国王が消えてしまった事に、面食らっているのだろうか。

「これは――見事過ぎる、さてはイアンめ裏切ったか……」

それは勘違いだ。

危険を事前に察知したイングリスが練った対応策が、完全に嵌っただけである。

しかし賊を相手に、その勘違いを訂正してやる義理も無い。

それよりもイアンの名が気になる。やはり彼も、仲間だったのだ。

「将軍……！　如何なさいますか――!?」

ディーゴーの部下なのだろう。

似た格好をした二人の怪しい男のうちの一人が、そう指示を仰ぐ。

「出直しだ。幸いこちらは標的を見失ったが、あちらにも見られてはいない――ここにいる者を除けばな。この娘達の口を封じ、身を潜めて次の機会を待つぞ。急げ」

「「はっ！」」

配下の二人が頷いて、殺気を漲らせて身構える。

――やる気だ、本気でこちらの口を封じるつもりだ。

「舐めないでよね！　そう簡単にやられるもんですか……！」

ラフィニアは怯まずそう言い返す。

こちらとて、もう何度も修羅場（しゅらば）を経験している。

先日は天上人（ハイランダー）と血鉄鎖旅団の衝突（しょうとつ）のど真ん中で戦ったし、幼生体とはいえ虹の王（プリズマー）とも対峙（たいじ）した。

今さら人間の暗殺者如（ごと）きで怯むような、やわな精神はしていないのだ。

「ええ、そうだわ――！」

「返り討（う）ちにして差し上げますわ――！」

レオーネもリーゼロッテも、それぞれ黒の大剣と白の斧槍（ハルバード）を構える。

「ならば、あれを使って――！」

ディーゴーの手下の一人が、少し離（はな）れた所にいるアリーナ達の下へと走る。

一体どういう仕組みなのか、その腕からバチンと音がして、何枚もの鋭（するど）い刃がせり出して露（あらわ）になる。

怪しまれぬよう、仕込んで携帯（けいたい）していたのだろうか。

いずれにせよ、アリーナ達が危険である。あれは人質（ひとじち）に取るつもりだ――！

「やらせないっ！」

ラフィニアは素早（すばや）く魔印武具（アーティファクト）の純白の弓を引き絞（しぼ）る。

手元に光の矢が顕現（けんげん）すると、間髪（かんはつ）容れずに射出した。

シュウウゥッン！

光の矢がアリーナ達に向かう暗殺者に向けて疾走する。

しかしその軌道は、暗殺者の頭上に逸れていた。

これでは当たりそうな気配はない。

続く二の矢、三の矢も矢継ぎ早に放つが、それも左右に逸れていた。

「魔印武具は立派だが、腕が伴わなければ……！」

「さあ？　どうかしらね……！」

「っ……！　急に――！」

ラフィニアがそう言った瞬間、先頭の光の矢の軌道がガクンと変わる。

急激に直滑降し、暗殺者の鼻先をかすめて足元の床に突き刺さった。

――足が止まった！

「そこよっ！」

二の矢三の矢も急旋回し、足を止めた暗殺者の両膝を撃ち抜いた。

「うぐっ……⁉」

暗殺者の体が、その場に崩れ落ちる。

ラフィニアの狙いの通り。

局所を狙い澄（す）ました、高精度の狙撃（そげき）だ。

最近のラフィニアの訓練のテーマは、放った矢の軌道を己（おのれ）の意志で操（あやつ）る事である。

大量の矢を放った場合は、大まかな動きの方向の制御（せいぎょ）しか出来ないが、今のような少数——二、三本の矢であれば、かなり細かい制御も可能である。その精度は見ての通りだ。

もっともイングリスを相手にすると、一度も当てられないのだが——

速過ぎる動きでいくら軌道を変えても回避（かいひ）され続け、そのうち光の矢が消滅してしまうという状況の繰り返しだった。

それに比べれば、今度のこれは実に簡単なように感じる。

「もう動けないわよ！」

そう言いながら、ラフィニアはアリーナ達の近くまで駆（か）け寄っていた。

「おねえちゃん！」

「アリーナちゃん！　大丈夫（だいじょうぶ）よ——あたしが守ってあげるから、安心して！」

人質に取られそうになっている所を見ると、アリーナ達とディーゴー達は無関係のようだ。守ってあげないといけない。

「『あたし達』よ、ラフィニア！」

「そうです！　わたくし達の力を合わせましょう！」

レオーネもリーゼロッテも動き出していた。

「ラフィニアは、その子達を守ってあげて！」

「わたくし達が前に出ます！」

「うん、お願い……！」

ならば自分はこの位置で、他の敵の狙撃を――！

光の矢の軌道を操る事が出来る分、味方に当たる事を恐れずに攻撃を放つ事が出来る。

矢の軌道制御は、こういう混戦での戦いの幅を広げてくれる技術である。

取り組んで来て正解だったと思う。

それにこうして奇蹟を制御する技術を高めれば、もう一つの力、すなわち治癒の奇蹟のほうにもいい影響が出る――とイングリスも言っていた。

ラフィニアは再び光の雨を構え、もう一人のディーゴーの部下を狙おうとするが――

「うおぉおおっ！」

視界の端の影が、激しく動く。

膝を射抜かれて崩れ落ちていた暗殺者が立ち上がり、猛然と突進してきた。

「な……っ⁉」

とても膝に矢を受けた者の動きではない。かなり速い――！

不意打ちだった事もあり、何とか身を捻って避けたものの、暗殺者の刃はラフィニアの肩口を浅く掠めていた。

熱い痛みが走り、着たままだったステージ衣装が裂けて血が滲む。

「くっ……！　何でそんなに動けるのよ――⁉」

普通なら立つ事も出来ないはずなのに――

全くの無傷のようにしか思えない俊敏さだ。

しかも、扱っている武器は魔印武具のようには見えない。

それなのに、上級魔印武具を持つ騎士であるこちらに手傷を負わせる事が出来る程の力とは――⁉

「傷の痛みなど、とうに感じない……っ！」

ますます勢いづいて、猛然と斬撃を繰り出してくる。

ラフィニアも体勢を立て直し、その刃を弓の本体部分で受け流す。

しかしこれでは、反撃の手が出ない。弓の攻撃を繰り出す間を作らなければ。

反撃の隙、距離を開く隙を窺いながら、ラフィニアは気がついた。

膝を射抜かれたはずなのに、この男は足から血の一つも流していないのだ。

「どういう事……⁉　効いてないの――⁉」

「ラフィニア！」

レオーネの声。大きく振りかぶった黒い大剣の刀身が奇蹟の力でギュンと伸び、巨大な鉄塊となって暗殺者の頭上を襲う。

「うおぉっ⁉」

反応し、暗殺者は大きく飛び退いてレオーネの刃を避けた。

――距離が開いた！

レオーネはこのために、こちらに手を出してくれたのだ。

この一撃で決めるための攻撃ではなかった。

「ありがと！」

間合いが開けば、こちらのもの！

再び光の矢を三連射し、その軌道を操作。

今度は暗殺者の肩口に、三つの光の矢の着弾位置を揃えた。

「うおぉぉおっ⁉」

「――今度は、どう⁉」

収束した光の矢が、暗殺者の肩の部分の服も切り裂き――

中から現れたのは、機甲鳥の内部構造のような、管や機械が詰め込まれた人型だった。

「な、何なのあれ……!? 人の体が、機甲鳥の中身みたいに――！」

あれでは痛みを感じないわけだ。血肉が通っていないのだから。

魔素の流れが不自然だと、イングリスに見抜かれるのも分かる。

明らかに、自然な人間の体ではなくなってしまっているのだから。

あれも天上領の技術なのだろうが、初めて見るものだ。

魔印武具も持たずに、ラフィニアに一太刀を浴びせるような運動能力を発揮していたのも分かる。

人体そのものが機械に置き換わり、常人を超える力を発揮しているのだ。

だが――魔印武具は有難い力だと思うが、こんな状態になってまで得る力が、有り難いもののようには、ラフィニアには思えなかった。

こんなになってまで、力を得なければならないものなのだろうか？

セオドア特使なら、きっとこんな技術は使わないし、使わせないだろう。

一体誰がこんな事を――

「そうだ。これが我等に、大戦将イーベルが下賜して下さった力――」

それを言ったのは、少し離れて戦況を見つめるディーゴーだ。

冷静に、冷淡に。淡々とした口調だ。

「イーベル……!? あの性格最悪な子供……!」

ラフィニアの見た天上人の中でも、一、二を争いそうな酷い性格をしていた少年だ。

あの天上人ならやりかねない。

「だが、力無き無印者であっても、力を得られる。痛みも感じず、損傷した体は部品を取り換えればいい。理想的な兵士だ」

「どこが！ そんなの、ゴーレムか何かと変わらないわ！」

レオーネがディーゴーに反論する。

「いや。体は別のものになっても、変わらぬ意思がある。意思こそ人の力の源――それさえ失われなければいい」

「ならばそのご自慢の体、破壊して差し上げますっ！」

リーゼロッテは奇蹟の力で背に純白の翼を出現させると、高速で空を駆けディーゴーに斬り込む。

この翼のおかげで、三人の中ではリーゼロッテが一番機動性が高い。

逆に光の矢を無数にばら撒く事の出来るラフィニアや、大剣の刀身を巨大化して攻撃を

行えるレオーネに比べ、攻撃手段は本体の斧槍による直接攻撃のみのため、殲滅力や攻撃力は低い。

その特性を最大限に活かすのは、最前線の囮役、攪乱役だ。

今は相手の一番強い所——つまりディーゴーを押さえにかかったのだ。

一人で倒せはしないまでも、自らも倒されずに戦線を維持すれば、味方が戦況を有利にするのを待てる。

この場合は、リーゼロッテがディーゴーを押さえているうちに、残り二人をラフィニアとレオーネが各個撃破。

そして三人でディーゴーを叩く——という流れを作ろうとしている。

その狙いは、ラフィニアにも良く分かる。

ならばその狙いに乗る——！　まずは、この目の前の暗殺者を——

「ウオォォォォッ！」

膝を撃たれても肩を貫かれても、動きに衰えを見せずに突っ込んでくる。

間合いを詰められ過ぎるのは、良くない。弓を引き絞る間が取れなくなる。

ラフィニアは相手と同じ速さで跳び退いて、距離を維持しようと動く。

「加速ッ！」

しかし、その途中でグンと相手の速度が上がる。

背や脹脛の部分からせり出した管が魔印武具が生むような真っ赤な炎を噴き、それが動きに加速をつけたのだ。

「――！」

追いつかれる！　いや、だったら逆に――！

ラフィニアは下がるのをやめ、自らも前に踏み出す。

相手は刃を構えたままの姿勢で、猛然と突進してくる。

「やあぁぁぁっ！」

衝突の寸前で地を蹴って、更に暗殺者の肩を踏み台にし、上へと飛び上がる。

あの加速の勢いは凄いが、反面姿勢の制御は難しくなり、直進のみになるため動きの内容は単調になる。

――だから、踏み台にできると判断したのだ。

相手の突進の勢いも合わさり、ラフィニアの体はかなりの高さまで舞い上がっていた。

空中で、光の矢を放つ間を十分取れる程に――

「――これでも、食らいなさいっ！」

今度は連射ではなく、力を貯めて強く太い光の矢を形成し――そして放つ。

「いっけえぇぇぇぇっ！」

太い光の矢は暗殺者の膝のあたりに再び突き刺さり――

今度はその機械の足の膝から下を、体から千切り飛ばした。

「ぬうぅぅぅぅっ⁉」

「悪いわね……！　動きは速かったけど、単調だったわ！」

着地するとさらにもう一射。

逆の足が千切れ飛び、立てなくなった暗殺者は地面に転がる。

その直後に――

ギイイイイイインッ！

鉄を擦るような甲高い音が響く。

音のしたほうに視線を向けると、レオーネがもう一人のディーゴーの部下を胴斬りにしていた。

どさりと重い音を立てて、上下に分かれた暗殺者の体が床に転がる。

「レオーネ、ナイスよ！」

「ええ――！　やっぱりこっちも一緒ね――」

レオーネは床に転がった暗殺者に視線を向けて、言う。

体が切断されても、一滴の血も流れていない。

「うう……強い――！」

「くそ……！　このままでは……！」

それどころかラフィニアが撃破した暗殺者の方も、下半身側は動かなくなっているが、上半身側はまだ健在で、話す事も出来る様子だ。

「……流石は大国カーラリアの騎士という事か――こんな少女が、見事なものだ」

ディーゴーが冷静に、そう述べる。

「次はあなたの番よ！」

「ええ……！」

「逃がしませんわ！」

これで三対一になった。

ディーゴーが他の者より多少強かったとしても、十分に倒すか捕らえるかする事は出来る。

「三対一、か――」

しかし不利なはずのディーゴーに、焦りの色は感じられない。

「将軍……！　このままではいけません――！」

「かくなる上は、我等の力をお使い下さい……！」

「ああ――すまん……！」

ディーゴーはそれまで着けていた厚手の手袋を取り去り、掌を倒れている部下達に向ける。そこには青白く輝く、複雑な方陣のようなものが刻み込まれていた。

雰囲気は、ラフィニアが以前セイリーンの治めるノーヴァの街で見た『浮遊魔法陣』に似ているだろうか。

「『集束魔法陣』――お前達の力、使わせて貰うぞ」

シュウウウゥゥゥンッ！

倒れた部下達の身から青白い光が立ち上り、それがディーゴーの掌の『集束魔法陣』に吸い込まれて行く。

その光景は、実際には見えるはずも無いし見た事も無いが、人の魂が抜き取られているようなイメージだった。

そして光を抜き取られた側の暗殺者達は——意識を失い、動かなくなっていた。

「……！　な、何……!?」

「彼等の力——私が受け継がせて頂いた——！」

「——つまり、殺して奪ったって言うの……!?」

レオーネの言う通りだ。言い換えれば、そういう事だ。

「酷い事をなさいますのね……！」

「この状況では、致し方無しっ！」

ディーゴーの体が、吸い取った青白い輝きに満ちている。

「彼等の魂と心意気——無駄にはできんっ！　加速ッ！」

先程から接近戦を演じていたリーゼロッテに向け、突進する。

背面の管から噴き出す炎は、より高熱の青白い炎だった。

ガキイイイインッ！

ディーゴーの腕からせり出した刃と、リーゼロッテの斧槍が激突する。

「くっ……！　先程よりも速くて強い——!?」

リーゼロッテが確実に圧されている。

「問題ないわっ！」

レオーネが振った剣はグンと伸び、リーゼロッテと競り合っているディーゴーの刃を撃った。ディーゴーに対し、二人分の力が加わった形だ。

「ぐううぅぅっ!?」

圧されたディーゴーの体は吹っ飛び、壁に叩きつけられる。

「レオーネ！　ありがとうございます――！」

「ええ……！　大丈夫よ、力を合わせれば勝てるわ……！」

視線を合わせて、頷き合う。

「おねえちゃん達、かっこいい……！」

目の前の派手な戦いに、アリーナは目を輝かせていた。

「ああ、さすが騎士様だよな！」

「機甲鳥をダサいって言ってごめんなさい！」

他の子達も、盛り上がり始めていた。

「お、お前ら黙ってろ……！　まだ終わったわけじゃねえんだぞ！」

商家の男がそれを窘めている。

これを見ている限り、本当に単に巻き込まれただけのようにしか見えない。

何故この子達だけ取り残されたのかは分からないが――

さっさと終わらせてしまえば問題ない。

「もうすぐ終わるわ……！　もうちょっとだけ、大人しくしててね！」

ラフィニアも加わって、三人でディーゴーを取り囲む。

「さあ、観念しなさい――！」

「逃げられないわ……！」

「三人で力を合わせれば、あなたなど……！」

しかしディーゴーは、まだまだ余裕のある態度を崩さない。

「まだ足りんか――ならば……！」

掌の『集束魔法陣』を、アリーナ達のほうへと向ける。

「うわっ……！　な、何だこりゃあ――!?」

商家の男の二の腕の辺りが、激しく輝き始めている。

そこには小さな文様のようなものがあり――今見るとディーゴーの『集束魔法陣』によく似ている。

「それは『集束魔法陣』へと力を送り込む『送出印』。我が力となる贄の証――」

「た、単なる幸運のまじないじゃなかったのか……⁉　だったら俺達をここに招待したのも……⁉」

「すまんな。いざという時の、備えだ――」

「ぐおおぉぉぉぉぉおっ⁉」

商家の男は苦しみ悶え、叫び声を上げはじめた。

恐らく、『集束魔法陣』とやらで力を抜かれるのは、本当はかなりの苦痛を伴うものなのだ。

ディーゴーの部下達は、痛みを感じない体だったから、声を発さなかったに過ぎない。

シュウウゥゥゥンッ！

先程と同じように、青白い光が男から抜き取られ、ディーゴーへと吸い込まれて行く。

「あああぁぁぁぁぁあっ⁉」

商家の男が、白目を剥いてその場に倒れ伏してしまう。

「「「お……おじさあぁぁぁあんっ⁉」」」

子供達が悲鳴を上げる。

「な……!?　止めなさい！　無関係な人まで……！」

だがこれで、アリーナ達がこの場に残されてしまった理由も分かった。

『送出印』とやらのせいだ。それをイングリスが『魔素の流れが普通じゃない人』と判断したのだ。

その見立ては正しかったのだろうが、逆にそれが裏目に出てしまった。アリーナ達も避難に巻き込んでいれば、ディーゴーもこんな真似は出来なかったはずだ。

「ラフィニア！　リーゼロッテ！　今すぐに倒しましょう！」

「ええ、もう容赦しませんっ！」

「加速ッ！」

ディーゴーがラフィニア達の囲みを突破してしまう。

そして、再びアリーナ達に掌を翳す。

「まだまだ――！　力が足らんッ！」

そして次に『送出印』が光り始めたのは、アリーナだった。

「あああぁぁぁぁぁぁぁっ!?」

「あ、アリーナちゃんっ!?」

「――ふ、ふふふふ……っ！　これは素晴らしい――かなりの魔素の持ち主だ。これならばお前達を倒し、任務を果たす事も……！」

どんな高尚な目的や志があるのかは知らないが、こんな事をする者は外道だ。

何の罪もない子供を巻き込むなど——絶対に許せない！

「許さない——っ！　これを、食らいなさいっ！」

最大の威力を込めて、光の矢をディーゴーの顔面に向けて放つ。

体の部分は痛みも感じず、破壊されてもまだ動くが——

頭を吹き飛ばされれば、一撃のはず。もはや手段を選んでいるような場合ではない！

最大限の太さの矢は光の奔流のように、ディーゴーに迫る。

「凄まじい威力——！　だが『集束魔法陣』を持つ私は、吸えば吸うほど強くなるっ！」

腕からせり出した刃やその右腕が、強い光に覆われていた。

そしてそれを、力任せにラフィニアの光の矢に叩きつける。

バシュウウゥッン！

「——!?　押し負ける……!?　なら——こうっ！」

ラフィニアの意思に従い、大きな光の矢が無数の細い光の雨へと拡散する。

それが一斉に、ディーゴーの身へと降りかかった。

「ぬうっ……!?　小賢しい真似を――っ！」

この至近距離で圧倒的な数に拡散されてしまえば、全て迎撃する事も、避ける事も難しい。

ディーゴーは太い腕を体の前で組み、防御姿勢を取らざるを得ない。

きゅんきゅんきゅんきゅんきゅんっ！

「ぬううううぅぅっ！」

無数の光の雨がディーゴーの体を撃ち、傷をつける。

頬や耳の部分に光が掠めると、その部分はまだ生身の肉が残っているようで、血が滲んでいた。

が――拡散した分、当初の狙いのような頭部を一撃で仕留めるような決定打にはならない。

これが普通の肉体の相手なら、無数の浅手というのも十分に有効で、それにより動きを鈍らせたり戦意を奪ったりする事もできる。

しかしディーゴーの場合は、痛みを感じないような機械化された身体。多少の手傷はものともしない。

だからこの攻撃の効果は薄いが、まとめて圧し潰されるよりはいい。

それに――

「二人とも！　お願い！」

「ええ……っ！」

「了解ですわっ！」

二人の攻撃に繋げる、絶好の目くらましになる！

ラフィニアの光の矢に続き、レオーネとリーゼロッテは既にディーゴーに肉薄していた。


ガギイイイイイインッ！


二人の攻撃が、ディーゴーの身体を撃つ音が激しく響く。

しかし――

「くっ……！　斬れない――ッ！」

「先程の方は真っ二つでしたのに……っ⁉」

「見くびって貰っては困る……！　『集束魔方陣』を刻まれたこの身体、力を集めれば集める程、本来の強度を超えて強くなる……！　もはやお前達の攻撃などっ！」

同時に繰り出した左右の腕が、レオーネとリーゼロッテをそれぞれ弾き飛ばした。

二人の体は大きく吹き飛び、壁に強く叩きつけられる。

先程までとは、まるで力が違う――アリーナから魔素を吸って、また一段と強くなってしまった。

「くうぅっ……！」

「あぁぁあっ……！」

「邪魔はさせん！　少し大人しくしていてもらおう――！」

ディーゴーがすかさず腕から何かを放つ。

それは、先に尖った円錐のようなものが付いた鎖だ。

まるで意志を持つかのように、レオーネとリーゼロッテの体に巻き付くと、先端を壁に深く埋め込ませ、彼女達を磔のように拘束する。

「う、動けない……ッ！」

「こ、こんなもの――ッ！」

二人とも必死にもがいているが、すぐに抜け出せそうにはない。

「レオーネ！　リーゼロッテ！」

「ら、ラフィニア――！　なんとか時間を稼いで……っ！」

「そうすれば、イングリスさんも戻って来ますわ……！」

確かに、イングリスさえ戻ってくれば話は早いが――

そう言っているうちに、ディーゴーが再び『集束魔方陣』の刻まれた掌をアリーナに向けている。

「あああぁぁぁっ⁉」

再び上がるアリーナの悲鳴。

「アリーナちゃんっ！」

「お、おねえちゃんっ！　い、痛いよ助けて――っ！」

「うん！　待っててね！」

駆け寄ろうとしたラフィニアだが、何かに足を取られてがくんとつんのめってしまう。

「っ……⁉　何なのよ――⁉」

足元を見る。

レオーネ達を拘束しているのと同じような鎖が、足元近くの床下を突き破って飛び出しており、ラフィニアの足に巻き付いていた。

――これではこの場から動けない……！

「いつの間に――⁉　放しなさいよ！　アリーナちゃんを助けなきゃ……！」

「諦めろ。この子が秘めたる優れた力――我等が志の礎として有効活用させて貰おう」

「ふざけないで！　アリーナちゃんは、そんな事のためにここにいるんじゃないっ！」

「どうかな？　あんな場末の商家で一生を使われて過ごすなら――大義のために命を捧げる方が有効というものだ」

「黙りなさいッ！」

――許せない！

こんな小さな、可愛くて純粋な子供に、こんな仕打ちをするなんて――

痛みに震えて涙を流しているアリーナを見ていると、身体が沸き立つほどの怒りを感じる。

この子は何不自由の無い幸せな環境で生まれ育ってきた自分と違い、小さな頃から苦労を重ねている。それは自分には想像も出来ない事だ。

せめて今日は、ワイズマル劇団の舞台を見て、楽しい思い出を作って欲しかった――

それをこんな風に踏みにじる者は、どんな高尚な目的や大義があっても許せない！

これまで、天上人や様々な人間の非道な行いを目にしてきたが――その中でもこれは最大級だ。

「……っ！」

ラフィニアは再び弓を引き絞る。

そこに生まれた光の矢が、ぐんぐんと大きく輝いていく。

「もう無駄だ、止めておけ」

「何ですって――⁉」

「何かを待っているのだろう？　なら、私のする事を邪魔せずに見ているがいい。そうすればこちらも手を出さん。何なら条件次第で命は助けてやってもいいが――？　この通り、力を回収するのに忙しいのでな」

「見くびらないでッ！」

アリーナを見捨てるなんて、そんな事は絶対にしない！

ラフィニアは返答代わりに光の矢を放つ。

その光の矢の太さは先程と変わらず――しかし色は純白だった先程と違い水色をしていた。

「ふん。ならばお前から……！」

「弾けろっ！」

きゅんきゅんきゅんきゅんっ！

無数に分かれた水色の光の雨が、ディーゴーの体へと降り注ぐ。

「二番煎じだな……！」

もうアリーナから力を吸い取るのを止めようともせず、逆の左手を軽く翳しただけの防御姿勢を取る。

そして光の雨を浴びたディーゴーの体は、今度は傷一つ増えなかった。

逆に、首や耳の肉に付いた傷などは、治って跡形も無くなってしまう。

「くくっ――もはや傷もつかぬどころか、回復までし始めるとは……！　素晴らしい力だ――！」

笑い声を上げるディーゴー。

しかしそれは違う。違うが、訂正する義理も必要もない。

（せ、成功したわ……！　これなら――！）

ラフィニアは心の中でそう頷く。

この新しい魔印武具は、二種類の奇蹟の力を持っている。

一つは、先ほどから使っていた光の矢を生み、そして操る力。

そしてもう一つは、傷ついた者を癒す治癒の力だ。

これまで治癒の力の奇蹟のほうは、相手に直接触れて行使しなければならなかったが――

今放った水色の光の矢は、両方の奇蹟の力を合わせたもの。

つまり、攻撃ではなく撃った者を治癒する癒しの光の矢だ。

失敗してもいいように、ディーゴーに向けて撃って試したが――

ずっと練習はしていたものの、ここまで上手く行ったのは初めてだ。

「……だったらやるわ！　アリーナちゃん、待ってて！」

ラフィニアはアリーナに向けて弓を構える。

狙うのは、彼女の二の腕で輝きを放っている『送出印』だ。

足元を拘束されて動けない今、こうする他はない――！

「あああぁぁ……っ！　おねえちゃん、痛い――痛いよぅ……！」

「今助けるわ！　痛いけど動かないで、我慢してね！」

ラフィニアは光の矢を矢継ぎ早に二連射する。

シュウシュウウウゥッン！

その二つの矢は、それぞれに色が違う。

先を行く一矢は通常の攻撃用の白い光。そして後に続くのが、癒しの青い光の矢。

――先頭の白い矢が、アリーナの二の腕を撃って、通り過ぎる。

「あああぁぁぁっ!?」

最初の矢はアリーナをまともに傷つけている。痛いのは当然だ。

しかし続く水色の矢が傷口に当たり――

「あ――あ……あれ？　い、痛くない――!?」

傷口が瞬時に塞がり――そしてそこにあった『送出印』は消え去っており、同時にアリーナを包んでいた光も消えた。

「むぅ……!?　まだ全ての力を吸い取ったわけではないぞ――!?」

「残念だったわね！　そんな事やらせないわ、絶対に！」

一つ目の矢で『送出印』を抉り取り、二つ目の矢でその傷口を癒した。

『送出印』はアリーナの体にとっては異物だ。

傷を癒しても復元はされず、結果的に『送出印』が除去されたというわけだ。

咄嗟の試みだったが、上手く行った。

普段からの訓練が活きた。活かす事が出来た。

そういう点では、自分も成長しているのだ——と思える。

「そうか——ならば、お前から消えて貰うとしよう」

ディーゴーが凄まじい速さで、ラフィニアに向けて突進してくる。

「——くっ！」

足元は拘束されていて、距離を取るため動き回る事が出来ない。

「悪いが、『送出印』はいくらでも私が刻める……！　まずはお前に『送出印』を刻み、魔素を吸い取ってやろう——！」

「嫌よ！　お断りだわ！」

繰り出された刃を弓の本体で受けるが、力負けして弓が弾かれて地面に落ちた。

「あっ——！」

拾おうと手を伸ばすが——

「させん！」

鉄の拳がラフィニアの顔に向けて繰り出されて——

ズドオオオオオオオォォォォォォォンッ！

突如、耳を劈く轟音と、地震のような揺れが発生する。

同時に立ち上る巨大な青い光――霊素弾によって、劇場の屋根が完全に吹き飛んでいた。

「な、何が起こった……!?」

「それはこちらの台詞です――」

落ち着いた様子の、澄んだ声。

鮮やかな銀髪を纏った、麗しい姿――

イングリスがラフィニアを襲おうとしていたディーゴーの拳を掴み、にっこりと微笑んでいた。

第9章 ◆ 15歳のイングリス　ふたりの主演女優　その9

「今、何をしようとしていました？」

「な……!?　何者だっ……!?」

「質問に答えて下さい。ひょっとしてラニを殴ろうとしていましたか？」

イングリスが掴んでいるディーゴーの拳が、ミシミシと悲鳴を上げ始めていた。

「な、なにぃ……っ!?　何だ貴様は――!?」

ディーゴーは驚きに目を見開く。

部下や多量の魔素を秘める少女から力を吸収し、今の自分の力は大国カーラリアの上級の騎士達すら圧倒する程に増している。

その事は先程までの戦いで、明らかだ。

それなのに――何故だ？

この銀髪の少女は、魔印武具すら持っていない。

あろうことか、右手には何の魔印も存在していない。

まるで白魚のような、見るも美しい女性の手だ――

それが何故、ディーゴーの鉄の拳を握り潰しかけているのだ……!?

メリメリメリィ――ベギィイイッ！

いや、潰しかけているのではない。潰した！

ディーゴーの右の拳が、悲鳴のような音を立ててぐしゃぐしゃにひしゃげた！

そして腕から千切れて、むしり取られてしまう。

「……っ!?」

「やはりあなたも同じ――ですか。機甲鳥のような機械の体……」

銀髪の少女はそう呟く。

ディーゴーの体は、既に痛みを感じなくなっている。

だから拳を潰されても平気ではあるのだが――しかしその異様な光景に底知れぬ恐ろしさを感じた。

「クリス……いいわよ――！　これで『集束魔法陣』は潰れたわ！　もう他の人から力を吸えないっ！」

「……！」

どうやら、イングリスは何か重要な力の鍵になるものを破壊してしまったらしい。

少し惜しいかも知れない——が、今はそれを言っている場合ではない。

イングリスはぐしゃぐしゃにひしゃげたディーゴーの拳を投げ捨て、ぐしゃりと踏み潰した。

「では、もう片方も潰しておきましょう？　ラニを殴ろうとする拳など、この世界に必要ありませんからね？」

「ふ、ふざけるなあぁぁぁっ！」

ディーゴーは腕からせり出した刃で斬りかかって来る。


バシッ！


イングリスは指先で軽く刃を摘まんで、組み止めた。

「……っ!?」

「わたしは大真面目ですが？」

イングリスは、するりと拳をディーゴーの腹に撃ち込む。

それ程力を込めたようには見えないものの――

ドゴオオォォォォォオンッ！

「ぬわあああぁぁぁぁぁぁぁぁぁっ⁉」


ディーゴーの体が、折れ曲がるようにしながら大きく吹っ飛ぶ。

舞台上の方向に飛んで行き、壁にぶつかってめり込んで止まった。

「ラニ、大丈夫だった？」

ディーゴーを弾き飛ばすと、イングリスはラフィニアの側にしゃがみ込む。

ラフィニアの足元を捉えていた鎖は、無造作に引き千切った。

「…………」

しかしラフィニアは不貞腐れたような顔をして、ふいと目を逸らしてしまう。

「……⁉　ご、ごめん、遅くなったの怒ってる――？」

「……違うわ――クリスが来てくれないと危なかったわ、ありがと」

「う、うん……？」

ではなぜ怒っているのだろう？　そんなに、涙まで浮かべて――

「でも悔しい……！　あんな最低な奴から、あたしの力じゃアリーナちゃんを守ってあげられなかったって事よ――こんなんじゃ……！」

イングリスが観客の魔素を探った際、イアンやディーゴー程ではないが、アリーナ達の魔素の流れも普通ではなかった。

体の一点に収束し、今にも抜け出てしまいそうな、飛び出してしまいそうな――そんな感じだった。

そもそもイアン達が事件を起こすという確証も無い中で、無関係である事を祈りつつ、アリーナ達も一応隔離の対象とした。アリーナ達が悪くないのは良かったが――結果的に巻き込まれる事になってしまったようだ。

――ならばその始末は、こちらでつけよう。

「そう――」

イングリスはそっとラフィニアの髪を撫でる。

「悔しいのはいい事だよ？　それがラニをもっと成長させてくれるから。今後に期待――って事で、今日はわたしが倒しておくね？」

「うん――ボコボコにしてやって！」

「ふふっ、任せて」

と、イングリスは舞台上に目を向ける。

そこには壁にめり込んだディーゴーもいるが、先程までの異空間にいたラティやプラム、そして何十人ものイアンも現れていた。

「イ、イアン君が……⁉　あ、あんなにいっぱい――⁉　ど、どうなってるの……⁉」

それを認識したラフィニアが、仰天して声を上げる。

「あの人も同じ――機甲鳥みたいな機械の体だよ。沢山いるのは……複製なんだって。心も、体も――自分が希望したって」

「そ、そんな……あんなんじゃ、誰が自分か分からなくなるじゃない――そんなに自分が大切じゃないって事……？　かわいそうよ――」

ラフィニアは少し悲しそうな顔をする。

やはりラティやプラムと同じような反応で、受け入れがたい光景のようだ。

「「「同情など不要です――！」」」

何人ものイアンが同じ台詞を吐いた。

「わ、悪い夢を見ているみたいだわ――」

「ええ……恐ろしいですわね」

レオーネとリーゼロッテは、客席の壁に拘束されてはいるが無事なようだ。

やはり二人とも多数のイアンに戦慄している様子だ。

そんな中――

「ふみゅ。よく寝た」

異空間への転移に巻き込まれても平気ですうすう眠っていたユアが、ひょこんと起きた。

先程生えていた虹色の耳や尾は消えているが――

「ユア先輩！」

「ん……？」

寝惚け眼を擦りながら、周囲を見渡し――

「おお。イケメンがいっぱい――これは天国？　夢？」

僅かに嬉しそうな表情を見せる。

感情表現が乏しく思考の読めないユアにしては、はっきりと分かる表情の変化だ。

これはかなり喜んでいるに違いない。

さすがユアだ。皆恐ろしがったり気味悪がったりしているのに、これである。

「違いますユア先輩！　現実です！」

「今大変な事に――！」

イングリスとラフィニアが交互に言うが――

「なら一人貰っていい？　いっぱいいるからいいよね？」

と、近くにいた一人のイアンの首根っこを捕まえて、小脇に抱える。

持って帰るつもりなのだろうか。

機械化されたイアンの体は常人より何倍も重いはずだが、まるで子猫か何かのような扱いだ。

「あ、あのユアさん……!?　僕には大切な使命があって、今忙しくて……」

「大丈夫。いっぱいいるから、一人くらいサボってもバレないよ？」

「いや、みんなで力と心を合わせないと――」

抱えられたイアンが調子を狂わされ困っていると――

「うおおおぉぉぉぉぉぉぉっ！」

めり込んだ壁から、ディーゴーが復活してくる。

「「「ディーゴーさん！　良かった、大丈夫ですか!?　そちらの首尾は――!?」」」

また大勢のイアンが、ディーゴーに声をかける。

「イアン……！　貴様裏切ったな……!?　我々が動き出した途端、標的は姿を消し私もこの様だ――！　事前に知ってでもいなければ出来ん動きだ……！」

「「「ち、違います――！　それはイングリスさんが全てを見抜いていて……！　彼女は恐ろしい、力を合わせないと……！」」」

「よかろう、ならば合わせてやる――！　全てを私が取り込んでなあぁぁっ！」

ディーゴーが突き出した左の掌には、天上領のものらしき文様が浮かび上がっていた。

「『集束魔法陣』――！　あいつ、まだ隠してたんだわ……！」

「おお……！」

それはいいかも知れない。

せっかく力を集めて強くなる能力をディーゴーが備えていたのに、知らずにそれを潰してしまったと少し後悔していたのだ。

まだ出来るならば、是非限界まで強くなって、イングリスと戦って頂きたいものだ。

「さぁ寄越せ、イアン！　お前達全ての魔素を――！」

「「「うあああああぁぁぁぁぁぁーーーーっ!?」」」

イアン達の体から光が立ち上り、それがディーゴーへと流れ込んで行く。

「止せよディーゴー将軍ッ！　イアンはお前の仲間だろっ!?　苦しんでるじゃねえかっ！」

見かねたラティが、ディーゴーを制止する。

「ラティ王子、ご無事か……っ!?　いいやしかし聞けませぬ……！　国の大事に、その場におられなかった王子の命など――！」

「えええぇっ⁉　王子……⁉　ラティが……⁉」

ラフィニアが吃驚(びっくり)している。

「うん――そうみたい」

「あ……！　いやそれより、止めてあげて、クリス……！　あれじゃイアン君が――」

「えっ……？」

それは困った。

イングリスとしては、ディーゴーに十分な力を吸い取って強くなって欲しいのだが。

やはり戦いとは相手の強みを正面から受け止めて、そして勝つもの。

そうでなくては、自分自身の成長に繋がらない。

ラフィニアの身に危険が迫っている場合だけはその限りではないが、今は隣(となり)にいるから安全だ。

しかし孫娘(まごむすめ)のように可愛いラフィニアの頼(たの)みとあれば、それはそれで聞いてあげたくなるのも親心、いや祖父心――

「「「止めないで下さい、ラティ君……ッ！」」」

しかしイアン達自身が、それを望んでいないらしい。

「な、何でだよイアンっ⁉」

イアン達はそれには応じず、ディーゴーへと語りかける。

「ディーゴーさん、僕から力を奪うのは構いません……」

「ですからどうか、使命を果たして下さい……！」

「そのためなら、喜んで――！」

「僕らの国の――アルカードのために……！」

バタバタと、力を吸いつくされたイアン達が倒れて行く――

「イアン……！　貴様――!?　疑ってすまない……！　その力と意思、確かに受け取ったぞ――！」

イアンから魔素を吸いつくしたディーゴーの体が、バチバチと帯電するような輝きに覆われる。

――先程までとは段違いの力を感じる。

なるほど『集束魔法陣』とやらも、なかなか面白い技術だ。

「は……い――」

微笑みながら、最後のイアンが舞台上に倒れ伏す。

それを見届けると、ディーゴーはイングリスを振り向き、睨みつけてくる。

「我等の――アルカードを思う力と意思……！　貴様にぶつけてくれるぞおぉおおっ！」

「力と意思とは、本来無関係なもの――わたしにぶつけるのは、力だけで結構です」

「黙れええええっ！　うおおぉぉぉぉぉぉーーーーっ！」

絶叫（ぜっきょう）にも近い雄叫（おたけ）びを上げ、ディーゴーがイングリスに突進（とっしん）して来る。

先程までとはまるで違う、光の矢のような勢いだ――！

「はあぁぁっ！」

バギイイイイインッ！

突進してくるディーゴーの首筋を、イングリスの肘（ひじ）打ちが叩（たた）き伏（ふ）せた。

ベゴオォッ！

鉄で出来た重い身体が尋常（じんじょう）ではない勢いで床（ゆか）に叩きつけられ、軋（きし）んで陥没（かんぼつ）して音を立てる。

「ぐうううぅぅぅっ⁉　な、何だと……⁉　あれほどの力を吸収したのに――！　こ、この化け物が……ッ！」

「どこがです？　わたしはれっきとした普通の少女ですよ？」

静かに応じながら、ディーゴーの首を片手で吊り上げる。

「ところで、今ので精一杯でしょうか……？　もう少し何とかなりませんか？」

正直、まだまだ物足りないのだが──

先日手合わせして貰ったイーベルには及ばない。

少なくとも彼くらいの手応えがあると、嬉しいのだが。

「ぐぅ……っ!?　も、もっと力が吸えれば──もっと……！」

どさり。

イングリスはディーゴーを放し、彼の身体が床に落ちる。

「では、どうぞ？　力を補充して来て下さい」

「この……！　後悔させて──」

その視線が、隅のほうに避難しているアリーナ達に向いた。

「駄目ーーーーーっ！　絶対駄目！　捕まえときなさい、クリス！　じゃないと絶交だから！」

ラフィニアが物凄い剣幕で制止して来た。

絶交とは尋常ではない。今まで一言だって、そんな事を言われた事は無かった。

「っ⁉　あ――う、うん……！」

ラフィニアに絶交されるなんて、絶対に嫌だ。想像できない。生きていけない。

慌てて再びディーゴーの首を掴んで吊り上げた。

「こいつはアリーナちゃん達から力を吸うのよ！　アリーナちゃん達がイアン君みたいになる！　絶対にダメよ！」

「え……⁉　そうなんだ、それはダメだね――」

さすがにそれをさせるわけにはいかない。

本人が崇高な理想や目的を持っていると思い込んでいるような者ほど、手段を選ばず無関係な人々を巻き込むような事をしでかすものだが――これはその典型だろう。

ならばこれはもう、倒すしかない――

「いいや、もうその必要はない――！」

首を吊り上げられたディーゴーが、声を上げる。

「？　どういう事でしょう？」

「私の首を掴む、貴様の手を見てみろ――！」

「ん……？　これは――？」

「『送出印』だわ……！　クリスから力を吸うつもりよ、気を付けて……！」

「もう遅い……！　貴様から奪った力で、貴様を殺してやるぞ――――！」

「おぉ、いいですね！」

「「「はぁっ⁉」」」

　色々な方向から疑問の声が飛んで来た。

「いや、だって――わたしの力が吸われる分にはアリーナちゃん達に害は無いし……別にいいよね、ラニ？　ね、ね？」

「ま、まぁ――そうだけど……」

「よしじゃあ決まり――――！　さあどうぞ力を吸って下さい」

「ど、どこまでも馬鹿にしてくれる……！」

「……わたしはあなたが最大限に力を発揮するのを見たいだけです。限界まで力を振り絞って、必死にわたしと戦ってください。それがラニを傷つけたあなたにできる、せめてもの贖罪かと――」

「いいだろう！　後悔するなよ――――！」

　イングリスが身に纏う魔素が、ディーゴーへと流れ込んでいく。

　ディーゴーが身に纏う輝きはさらに増し、どんどん膨れ上がって行く。

「ふ……ふはははは ッ！　何と凄まじい力が溢れて来る……！　先程までとは比べ物に

ならんぞっ！　お前の力に比べれば、子供達やイアンの力など、微々たるものだった……！　素晴らしい、素晴らしいぞおぉぉっ！」

イングリスから流れ込む魔素の膨大さに興奮したのか、ディーゴーは半狂乱の叫び声を上げる。

冷静そうだった最初の印象が、もはやどこかへ行ってしまった。

「それは良かった。さあ、どんどん強くなって下さいね？」

イングリスはにっこり微笑んでディーゴーに頷いた。

と、ふとイングリスからディーゴーに流れ込む光が途絶える。

「ふっ……！　ふふふふ……！　吸い尽くしたか！　これでもう恐れるに足りん！　さあ覚悟し――」

「いえ。まだまだ――ですよ？」

ディーゴーが吸い上げて行った魔素は、イングリスが身に纏う霊素の一部を魔素に変換したもの。

尽きたのなら、また霊素から変換して補充すればいい。

霊素自体の余力は、まだまだあるのだ。

「ぬうっ……!?　また力が流れ込んでくる……どういう事だ――!?　確かに今、貴様の力は尽きたはず——？」

「まあまあ、細かい事は気にせずに。力がつくのはいい事でしょう？」

「ふ……ふはははははは——！　もう誰にも私は止められんぞ……！　さぁ吸い尽くしたぞ——くたば……！」

「いえいえまだ早いです。さあもっと魔素(マナ)をどうぞ？」

「ハーッハッハッハッハ！　倒し得る！　殺し得る！　この世界の何もかもを……！　私は究極の力を手にしたのだッ！」

「良かったですね？　凄(すご)く輝いていますよ？」

「ク、クリスやりすぎよ……っ！　こんなの、目を開けてられない——ッ！」

文字通り、ディーゴーの纏う光が極限まで輝度(きど)を増し、目を開け辛(づら)い程(ほど)になっていた。

「いやいやまだまだ。まだいけますよね？　もっと強く輝きましょう？　素敵(すてき)ですよ？」

「ギャハハハハハハハッ！　ハハハハハハハハッ！」

ディーゴーはもはや理性を失ったかのような哄笑(こうしょう)を上げ、大きく高く飛び上がった。

そろそろ限界——だろうか？　自ら離(はな)れて行ったし、様子も異様である。

高く飛び上がって、急降下攻撃(こうげき)を仕掛(しか)けてくるつもりのようだ。

「ではそろそろ、見せて頂きましょうか——」

イングリスは飛び上がったディーゴーの姿を目で追いつつ、少し身構える。

カッッッ――――――！

ディーゴーの体がさらに一際大きく輝く。

そして――その姿が、風船のように膨れ上がるのが見えた。

「!?」

あれは、まずい事になっているかも知れない――

イングリスは素早く後ろを振り返る。

そして、動けずにいるレオーネとリーゼロッテに向け、両手の指先から素早く霊素穿を放つ。

ビシュシュシュシュッ！

霊素の青白い光線が二人の縛めを破壊し、解放する。

「レオーネ！　リーゼロッテ！　魔印武具で、アリーナちゃん達を避難させてあげて！」

「わ、分かったわ！」

「ええ……！　ラティさん達もこちらへ――――！」

後はレオーネ達に任せておいて、イングリスは空中にいるディーゴーに声援を飛ばした。

「力に流されずに、意識をしっかり保って下さい！　大丈夫！　ご立派な志をお持ちのあなたなら、強い意志でその力を乗りこなす事が出来るはず……！　頑張って！」

しかし、そのイングリスの声援も空しく――

ドグウウウウウウゥゥゥゥゥゥゥウゥンッッッ！

耳を劈く巨大な爆音。

まるで空気を入れ過ぎた風船のように、ディーゴーの体が爆発した！

「そ、そんな……！　まだ戦ってないのに……！」

イングリスが唖然と呟く中――

爆発の余波は、傷んでいた劇場の壁や客席などを軒並み吹き飛ばしていた。

後に残っていたのは、王立大劇場――だった建物の廃墟だった。

第10章 ◆ 15歳のイングリス　ふたりの主演女優　その10

突如、内側から爆発したように崩壊した王立大劇場。
道行く人々は、唖然としてその光景を見つめていた。
中にいたイングリスも同じく唖然として、その場に立ち尽くしていた。
前を見る、後ろを見る、右を見て、左――間違いない。どこからどう見ても廃墟だ。
「ちょ、ちょっとまずいかな、これは――あははっ」
まさか力を吸収し過ぎて爆発するとは――想定外だった。
結局戦う事も出来なかったし、全くの不完全燃焼かつ被害規模は甚大だ。
――何一ついい事が無い、最悪である。

ぐいっ！

横から耳を引っ張られた。

「あははじゃないでしょ、あははじゃあぁぁっ！　調子に乗ってやり過ぎるからよ⁉

そこその所で止めとけばよかったのに！」

「で、でも限界に挑戦しないとそれ以上強くなれないし……それにあの人も喜んでたし
——爆発するなんて聞いてないから……」

「言い訳はいいのよ言い訳は！　どうするのよこれ——⁉」

ラフィニアはぷんぷん怒っていた。立派だった王立大劇場は、見る影もない。

金銭的な被害額は如何程だろうか——

建物が大きく装飾も立派だった分、騎士アカデミーの校舎の何倍もかかるだろう。

「も、もしあたし達に弁償しろって言われたらどうするの……⁉　それに罰として食堂の食べ放題を取り消されたら……⁉　また飢えるわよ、あたし達——！　今度はワイズマル伯爵も助けてくれないだろうし……！」

「う……ま、まずいね——こ、これはもう素直に国王陛下を狙った暗殺者がやったって言うしかない……かな？　追い詰めたら苦し紛れに自爆したって言えばきっと大丈夫だよ」

もし被害が少なく済んでいたら、何もなかったと事実を隠蔽することも可能だった。

ミリエラ校長が観客達を巻き込んで異空間に退避したが、それは念のため警戒して行ったとか、舞台演出の一つとか言い訳もできる。

最終シーンはもう終わったことにして、そのまま閉幕としてしまえばいい。

だがもし、北の隣国アルカードの暗殺者がカーリアス国王を狙って来たなどと知れれば、間違いなく国際問題だ。

場合によってはこの事件については隠すという選択肢もあり得たが、どうやら無理なようだ。

「正確には面白いから暗殺者に力を吸わせて遊んでたら、逆に力を吸い過ぎて爆発した――だけどね」

「違うよ！　面白いとか遊びじゃなくて、真面目に強い敵と戦いたかったから。だよ」

「そこしか否定できてないじゃない……！　ほんと、クリスはいつでもどこでもクリス過ぎて……！　あーもう頭痛い――」

ラフィニアは深く深くため息をつく。

「信念を持つって大事だと思うの」

「劇場を爆破しなければね……！　でももう、とにかくそう言うしかないわね……」

「うん。その辺はわたしが説明するから――」

と、イングリス達から離れた所で空間が歪み、退避していたレオーネ達が戻って来た。

「うわ……！　あ、跡形も無いわね――」

「これは酷いですわね……」

「クリスが上手いこと誤魔化して暗殺者のせいにしてくれるみたいだから、レオーネとリーゼロッテも、そういう事にしておいてね」

「え、ええ……結局、イングリスがどうにかしていなければ、私達も危なかったかもしれないし——」

「それにしても過程はともかく、見事に心配していた事が現実になりましたわね……」

リーゼロッテは当初から、劇場が壊れないかを心配していたのだった。

「ほんとよね——あ、アリーナちゃん、大丈夫？ 怪我してない？」

見た所アリーナや他の皆も、大きな怪我は無いようである。

「う、うん……おねえちゃん——守ってくれてありがとう……」

「ごめんね怖かったわよね？ もう大丈夫だからね——」

ラフィニアはまだ少々顔をこわばらせているアリーナを、ぎゅっと抱きしめていた。

「だ、だけど……おじさんが——うううぅ……っ」

アリーナ達を引き取っていた商家の男は、もう物言わぬ骸と化していたのだった。

子供達が名前を呼んで揺さぶっても、もう目を覚ます事は無かった。

「ごめんね、助けられなくて……でも大丈夫よ——アリーナちゃん達はあたし達のユミルで暮らせるように、お父様とお母様にお願いするから――ね、いいわよねクリス？」

「うん。そうだね――」

守るべきものを持つ事は、悪い事ではない。

帰るべき場所に守るべきものを持ったラフィニアは、人として騎士として、より逞しく成長して行くはずだ。

この子達だけを助けても、この子達のような境遇の子供が生まれて来る世相が変わるわけではないが――それでも、それでいいだろう。

「ちょうど侯爵様や母上達もこっちに来てるし、今なら一緒に連れて帰って貰えるね」

「そうね、後でお願いしましょ。みんな分かった？　何も心配しなくていいからね？」

ラフィニアは子供達の一人一人を、優しく抱きしめて行く。

イングリス達もそれに倣いながら――ラティには一つ注意をする。

「ラティは、今のうちにどこかに隠れておいた方がいいかも知れないよ？」

「そ、そうですね……！　イングリスちゃんの言う通りです――！」

イングリスの言葉に、ラティではなくその隣にいるプラムが頷く。

ラティは北の隣国アルカードの王子だ。

アルカードからの刺客がカーリアス国王を襲った以上、もし身分が明らかになればラティは無事では済まないだろう。

拘束は勿論の事、捕虜扱いで済めばいいが下手をすれば処刑――

そうでなくとも人質として交渉材料にするなど、様々な事が考えられる。

「ラティってホントに、アルカードの王子様なの――?」

ラフィニアの問いにラティは頷く。

「ああ――一応これが証だ」

服の下から、アルカードの紋章が意匠されたペンダントを見せてくれる。

「本当なのね……あまりそういう感じはしなかったけれど――」

「そうですわね、ラティさんはどちらかというと品が……ああいえ、わたくし達にも親しみやすいと言うか――」

レオーネとリーゼロッテがそう述べる。

「悪かったな。王子様らしくなくて。俺は無印者だし、王族の中じゃ落ちこぼれだからな……だから育ちが悪いんだよ」

と、ラティは特に腹も立てていない様子である。

「無印者の落ちこぼれだからこそ――俺にできる事を見つけに、身分を隠して騎士アカデミーに留学したんだよ。だけどこんな事になるなら――国を出るべきじゃなかった……国に残ってれば、止められたかも知れねえのに――」

「し、仕方ありませんよラティ。自分を責めないでください――さあとにかく、後はイングリスちゃん達に任せて……」

「いや。イングリスが説明しても、証拠（しょうこ）が無けりゃ信じてもらえないかも知れないだろ？　俺が身分を明かして証言するよ、そうすれば信じて――」

「いいえラティ君……！　それは僕が――！」

と、澄（す）んだ綺麗（きれい）な少年の声。

「……！　イアン⁉　ぶ、無事だったのか……⁉　てっきり全員やられたと――ってかどこだ⁉　隠れてるのか？」

イアンの声はすれど、姿が見えないのである。

「こ、こっちです……！　右側の奥（おく）の柱の所に――！」

そこでは、イアンを小脇に抱えたユアが、すたすたと立ち去ろうとしていた。

「ユア先輩……⁉　何をしているんですか？」

「いや、一人持って帰っていいって言ってたから――もう解散でしょ？」

「え、ええ……ですがそちらのイアンさんだけ無事だったんですね？」

「そ、そうですね――どういうわけか分はかりませんが……」

「簡単。やばい模様の所をぶっ叩いた」

『送出印』の事だろう。つまりユアはあの瞬間、危険を察知してその部分だけを破壊していたのだ。

さすが、こう見えて魔素の流れや性質を操る事にかけては超人的なユアである。

きっちり自分が『持って帰る』ためのイアンは助けていた。

「じゃ、そういう事で――」

「ま、待って下さいユアさん……！　僕にはやる事が……！」

「いやユア先輩、連れて行って下さい。悪いけどイアン、お前のやった事を考えたら簡単に国王陛下の前に出すわけにはいかねえ――」

ラティの指摘も正しい。イアンはカーリアス国王の暗殺を企んでいたのだ。

その標的の前に出せば――どういう気を起こすか分かったものではない、という事だ。

「で、ですがラティ君……ひょっとして、一人で僕達の罪を被るつもりでは……!?」

「……まあ、落ちこぼれの王子に出来るのはそのくらいかもな」

「だ、ダメですラティ……！　そんなの――！　ラティは悪くないじゃないですか！　ねえイングリスちゃん!?」

と、プラムが助けを求めるようにイングリスを見る。

「うん。それに今そういう事しても、多分意味が無くなっちゃうから」

「え？　どういう事だよイングリス？」

「これだけじゃ終わらないって事。きっと続きがあるから――」

「な、何があるって言うんだよ……？」

「それは――」

と言っているうちに――

「きゃあああああぁぁぁぁぁぁぁぁっ!?」

甲高い女性の叫び声。

ミリエラ校長のものだった、避難のために転移した異空間から戻って来たのだ。

「こ……これは酷うございますな……！」

「う、うぬう……避難は正解だったというわけか――!?　しかしひどい有様だ……」

近衛騎士団長のレダスに、カーリアス国王の姿も。

それに母セレーナや、伯母イリーナやビルフォード侯爵の姿もある。

「た、頼むわよクリス……！」

「うん――」

さあ少し気合を入れて、言い訳に臨もう――！

単に自分のミスを誤魔化すだけではなくて、この先に明るい未来を勝ち取るために——

「ぬう……!?　ならばこれは、アルカードから我を狙った暗殺者の仕業と申すか……！」

イングリスの説明を聞くと、カーリアス国王は驚きの声を上げる。

「な、何と不届きな——！　許せん……！　ベネフィクならばいざ知らず、アルカードは長年の友好国ではないか……！　それを裏切るとは——！」

レダスは顔を真っ赤にして怒っている。

「しかし、これ程の真似ができるならば、何故はじめからそうせぬのだ……？　みすみす我等に避難の隙を与えるとは——」

ギクッ！

さすがカーリアス国王はそこに気が付いてしまう。

正解は、暗殺者にとってもこの爆発は想定外だったから、なのだがそこは触れてはいけない。隠す、断固として隠蔽だ。

そのためには——話を逸らすのが一番だ。

「それよりも国王陛下、今は今後の備えを急ぐべきかと思います」

「そ、それもそうですな……！　すぐに陛下の御身辺の警備体制を見直しましょう！」

レダスの言葉に、イングリスは首を振る。

「いいえ、そうではありません」

「イングリス殿、どういう事でありますか？」

「北の、アルカードとの国境の守りの増強のご検討を。近いうちに侵略の動きがあると思われます」

「何と！　暗殺者を送るだけでは飽き足らず――――！」

「いえむしろ、こちらに攻め入る事を決断したからこその暗殺者でしょう。国王陛下を亡き者に出来れば、国の体制の動揺に付け込んで戦を優位に進める事が出来ます」

「ぬ、ぬう……!?」

「逆にそれ程の覚悟が無ければ、友好国でしかも圧倒的に国力で格上の相手に暗殺者など送れはしません。下手に手を出せば、滅びるのは自分達ですから」

「――それがまことであれば、一大事だ。ただでさえ、聖騎士団は東のヴェネフィクとの国境に出払っておる……！」

カーリアス国王が厳しく表情を引き締めている。

既(すで)にその意識は、この目の前の一事件よりももっと大きな、国と国との関係に向いている様子だ。

「――事実です、現にアルカード国内では……！」

と、声を上げようとしたのはイアンだった。

イングリスはすかさず、その横にいるユアに目で合図をした。

「とう」

ユアはイアンの頭を脇(わき)に抱え込んで口を封(ふう)じる。

軽くやっているように見えて、ユアの力は凄まじい。

イアンは為(な)すがままに、簡単に黙(だま)らされていた。

「わたし達が見た暗殺者は、魔印武具(アーティファクト)とは違う天上領(ハイランド)の技術で強化されていました――それは、先日こちらにいらした大戦将(アークロード)のイーベル様から与えられたものだったようです」

「何と……⁉ イングリス殿、あの者が生きていると仰(おっしゃ)るのですか⁉」

「いや、そうではないだろう――あの者が血鉄鎖旅団の手によって死んだのは事実だ、イングリスが嘘(うそ)をつくはずもあるまい」

と、カーリアス国王がレダスの考えを訂正(ていせい)する。

「……うーん、ちょっと心痛いわね――」

ラフィニアがイングリスだけに聞こえるように、ぼそりと一言。

今まさに、劇場崩壊の理由を誤魔化そうとしているのに——という事だ。

「……大丈夫、嘘じゃないから」

暗殺者ディーゴーが自爆して劇場が崩壊したのは事実。

イングリスは自爆の詳細原因について、説明を省いただけだ。

嘘は言っていない。説明しないだけだ。

「つまり、こちらに来る前にアルカードに手を伸ばしていたのだな。ならばあの取りつく島のない態度も納得が行く——」

「ええ、国王陛下。既にアルカードを引き入れ、こちらを攻撃させる段取りになっていたのだと思われます。どうやらアルカードに虹の王が現れ、大きな被害が出たようです。それで、防備を整えるためにイーベル様に助力を願ったようです」

「見返りに、我が国を攻撃せよという事か……アルカードは決して豊かな国ではない。とても天恵武姫や十分な魔印武具と引き換えるだけの物資を用意できまい」

「ご推察の通りかと思います」

「しかし、ではは何故あのイーベルがこちらに参った際に、陛下のお命を狙わなかったのでございましょうか……？」

「それは地上の人間の考えです、レダスさん」

「……と仰いますと？」

「国王陛下を前に、申し上げにくいのですが――」

「構わぬ。言ってみよ、イングリス」

「……では。天上人にとって地上の国の王は、それ程の存在ではないという事です。重要視していないから、わざわざ命を取ろうとはしないのです。戯れに踏みにじる事はあっても――」

「むう……！　無礼な――！」

「それに、イーベル様は先日の会談で、国王陛下を見抜いたと思います――そして絶対恭順の姿勢を感じたはずです。ですから、もしアルカードからこちらへの侵攻が失敗したとしても、その後に向こうから関係改善を持ち出せば、乗ってくると――でしたら、命を奪う理由がありません。天上領からすれば、この国を誰が支配していても、自分達の望む献上を受けられればそれでいいのです」

天上領には教主連合と三大公派という二大派閥があり、現在この国に滞在しているセオドア特使や、その先代のミュンテー特使は三大公派だ。

近年は彼らの許可を得て、機甲鳥や機甲親鳥という、それまで下賜されていなかった天上領の兵器類も手に入るようになって来ている。

教主連合としてはそれは受け入れ難いようで、三大公派との対立が深まっているようだ。

その結果、三大公派との結びつきを深め続けるこの国に対し、教主連合が背後に付く隣国ヴェネフィクが侵略の気配を見せている。

そして今、その構図に北の隣国アルカードも加わろうという様相だ。

天上領の二大派閥の対立が地上の国の紛争に発展する、代理戦争とも言うべき状況である。

そんな中、イーベルがカーリアス国王を殺さなかったのは――ある種、舐められたという事だ。

国を亡ぼすような謀略を仕掛けられても、それが失敗した後に手を差し伸べれば、この国王はそれを握ると。

怒り狂って反撃してくる気概は無い――と。

「……うむ。正しい見方であろうな」

怒らず頷くところが、カーリアス国王の度量の広さを表していると言えるだろう。

分かっているのだ。自分が舐められているのが。

そして、それでもいいと思っている。それがこの国にとって最上だとも思っている。

そこまでの信念があるならば、イングリスに言う事は無い。

ただ強敵が現れた時に呼んでくれさえすれば、それでいい。

「では何故今になって、暗殺者が……？　訳が分かりませんぞ――？」

「見方が違うからです。アルカードの国の上層部にとっては、国王陛下はまさに総大将。それを討ち取れば、国内は混乱し侵攻は容易いと考えます。そうすれば自分達の被害を最小化して、天上領からの命令を果たせます――つまりこれはアルカードが、本気で侵攻の覚悟を決めて動き出した証です。ゆえに、近々大きな動きがあると予想します。それと連動して、ヴェネフィク側も動き始めるかも知れません――」

「ぬう……！　それは不味い、挟撃ではないですか、我が国は――」

と、レダスが唸った時――

一機の機甲鳥が、高速でイングリス達の頭上へとやって来た。

そこには王宮警護らしき騎士の姿がある。

「国王陛下！　国王陛下ーーーーッ！　どちらにおわします!?　火急の知らせにございますっ！」

「我はここにおる。どうした、何があった？」

「おお……陛下――！」

騎士は慌てて機甲鳥(フライギア)を地面に降ろし、カーリアス国王の前に跪(ひざまず)く。

「一大事にございます！　北の国境に、アルカードの軍が集結しておりますッ！」

「「「……！」」」

イングリスの見立てが見事に的中した。

驚きに皆、息を呑(の)んでいる。

「――来ましたね」

「イングリスの見立ての通りであったな――」

「さ、流石(さすが)はイングリス殿ですな……御慧眼(ごけいがん)、恐れ入りました」

カーリアス国王は頷き、レダスは驚いている。

丁度いい。目の前で言った事が的中する事によって、イングリスの言葉に説得力が増す。

これから行おうとしている提案も、受け入れられる可能性が高まるだろう。

「そ、そんなぁ――アルカードが、カーラリアに戦争を仕掛けるなんて……どうしてそんな事――」

「くっ……！　そんな馬鹿な事が――！」

この知らせに、特にプラムやラティは衝撃(しょうげき)を受けているようだ。

「こうなったら――！」

ラティが何かを決意したように眦を決し、カーリアス国王の前へ出ようとする。

「国王陛下！　俺……いや私を人質にして下さいっ！　そして……アルカード軍をてっ……！」

「とう」

イングリスはすかさずラティの背後に回り込み、首筋に手刀を落とした。

「うぐっ……!?」

ぱたりと倒れるラティ。

これ以上喋らせてはいけない。申し訳ないが、強引に止めさせてもらった。

「ラティ！」

介抱はプラムに任せておくとして――

「ど、どうしたのだこの少年は――？」

「彼はアルカード出身です。自分の身を盾にしてでも、戦いを止めたかったのかと」

「そうか――しかし人間の盾などと……そんな事はあってはならぬ。逆に敵を刺激しかねんし、そのような非道をと味方の信頼も失おう」

ラティを一般市民やそこらの貴族の子弟と考えるならば、人質と言ってもそのような発想になるだろう。

つまり大勢に影響はない――と。

これが王子だと分かれば無論話は変わってくる。交渉の手札となり得るからだ。

だがそれはさせない。イングリスとしては、ラティには別の役割を期待したいのだ。

「ええ、その通りかと思います――とにかく早急に、アルカードへの対策を打ち出すべきかと」

「うむ。即座に王城に戻り軍議を致す。レダス、参るぞ――」

「お待ちあれ、陛下！」

そう声を上げたのは、今まで成り行きを見守っていたビルフォード侯爵だった。

「ビルフォード卿、どう致した？」

「これは国家の一大事――我がユミルの騎士団もご協力致します！　何なりとお申し付け下さい……！」

「うむ――それは助かる。卿の忠誠に感謝するぞ……！　では軍議に加わってくれい」

「承知致しました！」

この国の王軍と言えば、聖騎士団と近衛騎士団の二大騎士団だ。

そしてそれぞれの領地の領主達は、ユミルのように独自の騎士団を抱えている。

現在聖騎士団が東のヴェネフィクの対応に回っており動けない状況では、北のアルカードへの対応は近衛騎士団が主軸にならざるを得ない。

そうなれば、普段近衛騎士団が行っている王都やその周辺の直轄地の防備は手薄にならざるを得ない。

そこを各領主から派兵して貰うか、あるいは北の戦線に直接派兵して貰い、近衛騎士団の負担を減らすか――いずれにせよ対処は必要になる。

とはいえ、各領主はまず大前提として自領を守らねばならない。

できれば自領以外の事で戦力を失いたくはない、と考えてしまうのが自然だ。

自分が何もしなくても、誰かが何とかしてくれるならば、それが一番である。

まして、この国の国内にもカーリアス国王側の国王派と、ウェイン王子側の王子派という路線対立があると聞く。

王子派の貴族達は、火の粉が自分達に降りかかるまでは動きたがらないだろう。

カーリアス国王の面子が潰れれば、それだけウェイン王子の株が上がるというものだ。

そしてそういう視点で見れば、ビルフォード侯爵は王子派だと思われているはず。

何せ息子のラファエルはウェイン王子の指揮する聖騎士団に所属する聖騎士であり、誰もが認める片腕なのである。

侯爵本人は片田舎の貴族だからと中央の事情に無関心でも、客観的に判断すれば絶対にそう見られる。

その王子派と思われているビルフォード侯爵が、この状況に真っ先に協力を申し出てくれたのは、カーリアス国王としては有り難かっただろう。

これで国王派、王子派関わらずに協力する流れが出来る。

――これはいい、この話の進み方ならば、イングリスが今から言おうとしていた事も、より自然に受け取って貰えるだろう。

「国王陛下。わたしからも一つ提案があるのですが――」

イングリスはそうカーリアス国王に呼びかける。

「……聞こう。そなたの言葉には価値がある」

「ありがとうございます。わたしやラフィニアをアルカードへ派遣して頂きたいのです」

「行って何とする？　停戦交渉か？　しかしアルカードの状況を考慮するに、難しかろう？」

あちらもそう簡単には引けない理由がある。

国民を守るための天恵武姫や強力な魔印武具を得るためなのだ。

「いえ――秘かに入り込み、アルカードが自ら兵を引くような状況を作って参ります」

「ほう……？　それが可能ならば、願ってもない事だ。だがどうする？　先ほども言った通り、あちらにも引けぬ事情がありそうだが？」

「その理由を壊して参ります。例えば、あの地に現れたという虹の王らしき魔石獣を倒せば性急に天恵武姫を求める必要も無くなります。もしくは政変が起きでもして方針が変われば、天上領との関係を今まで通りとし、戦争は止めるという決断が下るかもしれません。それも難しければ――最悪、後方からアルカード軍を攻撃し、攪乱を行います」

「……なるほどな、しかし――」

カーリアス国王には気になる事がある様子だ。

それが何なのか――イングリスには大体の見当はつく。

「アルカードには、現在の方針に反対する勢力もいます。ですので、あくまで彼等に力を貸す形を取り事を進めたいと思います。そうすれば、アルカードの民の敵対心を煽る事はないかと思います」

「うむ、それは大切な事だ。アルカードの民の敵対心を煽る事は避けねばならん。それが可能ならば――しかし、その反対派とやらと手を結ぶ目算は立つのか？」

「ええ、幸い彼等には個人的な伝手がありますので――」

「そうか、そういう事であれば可能か――」

まさかその伝手がそこで寝転がっているとは、カーリアス国王も思ってもいないだろうが——だからこそ、ラティに余計な事を喋らせるわけには行かなかった。

身分が明らかになってしまったら、イングリスがこの作戦を提案してもラティを国に戻す事など認められないだろう。むしろ認めてしまう方が問題だ。

そしてイングリスの伝手はラティしかいないので、ラティを拘束されてしまえばこの作戦も実行できなくなる。

伝手が無いのにあると嘘を吐くのは問題である。

あくまでも嘘のない範囲で、事を運ぶべきだ。

そうでなければ、ラフィニアにも迷惑が掛かってしまうかも知れないから。

そしてラティの存在と同様に、イアンの存在も必要だ。

現在のアルカード国内の状況に一番詳しいのは彼だ。道案内役になってくれる。

ラティが協力を求めれば、裏切る事も無いだろう。

何より——彼を複製したというイーベルの技術。

それに興味がある。研究施設が残っているなら、行ってみたい。

そしてあわよくば、自分の複製を試みて——修業の相手になって貰いたい。

恐らく虹の王であろう、アルカードを襲った強大な魔石獣。

イアンやディーゴーのように、改造により力を与えられたと思われる戦士。

国境に押し寄せているという、アルカードの軍隊。

さらにはイーベルの残したかも知れない研究施設——

北の大地には、夢が詰まっているではないか。

今回の件は、正直言って不完全燃焼だった。

だから夢を追って北へ行ってみたい。そこにいい戦いが待っていると信じて。

——後方で、ラフィニア達がひそひそと話し合う声が聞こえる。

「クリスってば、敵が爆発して戦えなかったからって、北まで行って虹の王と戦うつもりよ……！」

「……もしそれが見つからなくても、政変を起こさせるという事は、向こうの騎士と戦う事になる可能性が高いわね——」

「最悪、後方からアルカード軍を攻撃するとも仰いましたわ——」

「つまり、何が何でも何かと戦うつもりなのよ、あれ……！」

「で、でも——みんなが一緒に来てくれると、頼もしいです。私とラティだけで帰っても、どうにもならないと思います——」

「……そうなのよね。もしユミルの騎士団も北に行くなら、お父様達を助ける事にも繋がるし……クリスは本当にまともな事を言ってるフリが上手いわ——」

「いや、フリというか実際まともな事は言っているわよ……？」

「ええ、上手く行けば、こちらもあちらも一番被害が少なく済みますものね――」

「動機には問題大ありだけどね……！　本人は戦いたいだけなんだから……」

ごほん！　イングリスは大きな咳払いをして、後のラフィニア達を黙らせる。

そして、カーリアス国王を真摯な瞳で真っ直ぐ見つめ、その前に跪く。

「お願いします、国王陛下……！　わたしはユミルの出身です、ビルフォード侯爵も国のために手を挙げられている今、わたしも出来る事をしたいと思うのです……！」

「しかし――それが上手く行こうと行くまいと、あくまでそれはアルカードの反対派が起こした事とせねばならん。そなたの功績が表に出る事は無い。それでも構わぬのか？」

「はい、わたしはそれで満足です」

イングリスとしては、強い敵と戦える上に手柄が表に出ないなど最高である。

だから素直にそう言ったまでなのだが、それをどう捉えるかはまた別の話。

「そうか――相変わらず何とも奥ゆかしい。見上げた心意気よ」

「外見だけでなく、お心もまたお美しゅうございますぞ――！」

カーリアス国王とレダスは深く感心している様子だ。

誤解なのだが、いいように捉えてくれる分には構わない。

まだ一つお願いしたい事もあるので、それが通りやすくなる。

「そなたの申し出を認めよう——こちらは防備を固め、下手に打って出ずそちらの首尾を待つ事とする。頼むぞ、イングリスよ……！」

「はい——それでは、騎士アカデミーを通して特別任務をご下命頂くという形でお願い致します。暫く授業に出られませんので、進級に差し障ると困ります」

「うむ。そうか、そうだな。ではそう致す」

「それから、作戦実行のための軍資金も頂ければと——兵糧の確保は大事ですので」

これが重要なのである。

アカデミーを離れれば、食堂の食べ放題も失う事になってしまう。

アルカードには行きたいが、空腹に悩まされるのは御免だ。

だから食費のための軍資金を確保するのはとても重要なのである。

正直ラティに手を貸してアルカードに乗り込むだけなら、黙って行く事も可能だ。

だがわざわざカーリアス国王に申し出て許可を貰うのは、そういう事だ。

「そうね。それは確かに大事です、国王陛下！」

と、ラフィニアも言う。イングリスの意図が伝わっているらしい。

アルカードにはどんな美味しいものがあるのだろうと、言葉にしなくても瞳が輝いているのが分かる。

「無論だ。ではまとめて後で騎士アカデミーに使いを出す。ミリエラ校長よ、彼女等の支援を頼むぞ」

と、カーリアス国王がミリエラ校長に水を向ける。

「は、はい……！　この事態ですから、騎士アカデミーも出来るだけの協力をさせて頂きます――！」

「頼むぞ。では待たせたな、参ろうレダス、ビルフォード卿」

「「ははっ！」」

レダスとビルフォード侯爵は、カーリアス国王の後に続くが――ビルフォード侯爵だけが一度足を止め、イングリスとラフィニアを振り返る。

「ラフィニア、イングリス――」

「はいお父様」

「はい侯爵様」

「お前達が国王陛下に直接お話ししているとは驚いたが……とにかく今は国の一大事――娘可愛さに、危険な任務だからと反対する事は出来ん……だが無理はするな、必ず無事に戻るのだぞ……！」

「「はい」」

イングリスとラフィニアは声を揃えて頷いた。

「それからあのね、お父様お母様――あの子達、今回の事件で親代わりの人を亡くして、行く所が無いの。だからユミルに連れて帰って、暮らせるようにしてあげて欲しいの」

「そうして頂けると、わたし達も安心して任務に励めます」

「まぁ、それは――」

「何て事――まだあんなに小さいのに……」

母セレーナと伯母イリーナの表情が曇る。

「それは憐れな……分かったラフィニア、イングリス。任せておけ。ふふふ、ラファエルからも何度も同じような願い事をされたよ。お前達も立派な騎士への道を歩んでいるようだな――ではイリーナ、セレーナ。私は軍議がある故、暫く後を頼む」

「え、ええ……あなた――ですが、ラフィニア達の任務は……」

「ほ、本当に大丈夫でしょうか――？」

母と伯母は、かなり不安そうな顔をしている。

アリーナ達の事はともかく、やはり原因はイングリス達のアルカード行きの事だ。

娘達がそんな危険な任務へ向かうとなると、心配を隠せないようだ。

流石に少々、申し訳ない気持ちになる。

話の流れでこの場で作戦を提案したが、母が見ていない所で話をすればよかったかも知れない。

そう思いつつ、そっと母セレーナの手を握る。

「心配いりませんよ、母上。必ず無事に戻ります」

「え、ええ……クリスちゃん――」

それを見ていたのか、カーリアス国王が足を止めて振り向いた。

「そうか、そなたがイングリスの母か――まだお若いな」

「……！　ひゃ、ひゃい……！」

話しかけられてとても吃驚したらしく、声が上ずっていた。

無理も無いかもしれない。セレーナの立場では、国王と言葉を交わす機会など一生のうちに一度も無いと思っていただろうから。

「母上。緊張なさらずとも、国王陛下はお優しいお方ですよ」

「え、ええ……ごめんなさい、お母さん恥ずかしいわね――」

「そんな事はありませんよ」

そっと背中に手を添える。

「良い娘を育てられたな――そなたが手塩にかけた娘の力、国のために貸してくれ」

「あ、ありがとうございます……！　娘が無事に戻る事を信じます――」

「うむ。それではな――」

今度こそ、カーリアス国王は王城へと引き上げて行った。

それを見送ってから、イングリスは笑顔で母セレーナに問いかける。

「母上。何かアルカードのお土産を買ってきますよ、何がいいですか？」

「クリスってば、旅行に行くんじゃないのよ――？」

そうラフィニアが口を挟む。

「でも、どうせ無事に戻ってくるつもりだし。ちゃんと帰って来るっていう約束だよ」

それが、無事に戻るという何よりの意思表示だ。

「ま、それもそうなんだけど――じゃあお母様、お土産は何がいい？」

と、ラフィニアも伯母イリーナに問いかける。

「ふふっ、そうね……無事に帰って来るなら、お土産は重要ね」

「そうね、お母さん達は――」

「『何でもいいから、食べ物をたくさん』」

「『はいっ！』」

母達が声を揃え、娘達も声を揃えて頷く。

「あはは——仲良し母娘ですねえ……この親にしてこの子ありというか——」

ミリエラ校長が乾いた笑みを浮かべていた。

そこから少し離れた所で、レオーネは呟く。

「でも、あんなに心配してくれるお母様がいて、羨ましいわ——」

「そうですわね。それにとてもお綺麗ですし——自分のお母様の事を思い出してしまいますわね……」

「うん……そうよね。とにかく必ず無事に戻りましょう。あのお母様達を悲しませないためにも——」

「あら。もう行く気なのですね、レオーネは」

「ええ。リーゼロッテは行かないの？」

「行きますわよ。国のためにも、友人のためにもなりますもの。ね、プラムさん？」

「ありがとうございます……！　きっとラティも喜びます！　まだ寝てますけどね……」

「ちょ、ちょっと可哀相ね——」

「で、ですわね——そろそろ起こして差し上げましょう」

三人はラティを揺り起こしてあげることにした。

「そういえば、ユア先輩(せんぱい)は……？」

「あ……！　い、いませんわ――！」

既にイアンは、ユアによってどこかに連れ去られていたのだった――

番外編 ◆ リップルの帰還

カーラリア東部、隣国(りんごく)ヴェネフィクとの国境付近に位置するセオドア特使の専用船――

ヴェネフィク軍と、氷漬(こおりづ)けの虹の王(プリズマー)とを前に、聖騎士団の面々も緊張が解けない中――

今日は明るい雰囲気(ふんいき)に包まれようとしていた。

「ただいまっ！　帰って来たよ～！」

船体下部の格納庫。機甲鳥(フライギア)から降り立ったリップルは、明るい表情で周囲の騎士達(きしたち)に挨拶(あいさつ)した。

「「おぉ……リップル様！」」

「「お帰りなさいませ！」」

喜びの声を上げる騎士達をかき分けて、慌(あわ)てて飛び出してくる人影(ひとかげ)があった。

「リップル！」

「エリス！　ただいまっ♪」

「元気そうね……良かったわ――」

「エリスは大丈夫だった？　ボクがいなくて寂しかったでしょ？」

「馬鹿言わないでよ、子供じゃないんだから。あなたがいなかった分もちゃんとやっておいたし、何も問題は無いわ」

「……ホント？　みんな？」

と、リップルは周囲の騎士達に問いかける。

「え、ええ――エリス様の言う通りで……」

「特に問題は――」

「……でも強いて言えば？」

「必要以上に根を詰めて、ピリピリされていました――」

「リップル様が戻るまで頑張らないと、と――少し怖かったです……」

「……！　も、もう余計な事を……！」

「ん～、そっかそっか。ボクちゃんと帰って来たよ？　もう寂しくないからね～。よしよし」

と、リップルはエリスをぎゅっと抱き締める。

「や、止めなさいよ恥ずかしいでしょ――！」

「まーまーまーまー。いいじゃんいいじゃん。感動の再会だよ？　嬉しくない？　ボクは嬉しいよ？」

「それは、まあ……ね。そんな事より、どうやってあなたを治す事が出来たの？」

「ん～と、それはね――」

「正確には、治してはいないんですよ」

リップルと共に機甲鳥(フライギア)から降り立ったセオドア特使が、そう言って説明を引き受ける。

「セオドア様、どういう事ですか？」

「リップル殿自体は、何も変わっていません。ですが、あの現象で召喚(しょうかん)される獣人種が元となった魔石獣――それが全滅(ぜんめつ)したため、何も召喚できず現象が起きなくなったのです。リップル殿ではなく環境(かんきょう)が変わったという事になります」

「……！　召喚できる魔石獣を狩(か)り尽(つ)くしたって事……!?　何て強引な……！　きっとあの子の仕業(しわざ)ね――！」

「イングリスちゃん？」

「ええ、そうよ――！　あの子が言いそうな事だもの……！」

そうエリスが言ったところで、少し出遅(でおく)れたラファエルがやって来た。

「リップル様――！　お帰りなさい……！　ご無事で何よりです！」

「ラファエル！　うん、ただいま！　妹ちゃん達のおかげで、無事に戻って来られたよ」

「そうですか……！　それは僕も鼻が高いです――ラニやクリスは無事でしょうか？」

「無事も無事！　めちゃくちゃ元気だよ。特にイングリスちゃんの方はね――もうすっごい嬉しそうに魔石獣を狩りまくってたよ。あれだけ可愛くて普段はおしとやかっぽいのに、戦いになると本当にヤバいね、あの子――」

「ははは。確かにクリスは、昔からそうでしたね……」

「小さい頃からそうって事は、まだ子供なのね。もう少し大人になるべきだわ。また戻って手合わせ手合わせって言われるのも、迷惑だし――」

「大人に――かあ、じゃあ恋人でも出来れば変わるんじゃない？」

「そうかも知れないわね――」

と、リップルとエリスは顔を見合わせ――

「……じゃあ、そういう事で」

「よろしく」

エリスとリップルが、左右からぽんとラファエルの肩を叩く。

「な、何がですか――!?　僕はそんな……！」

「ボクはお似合いだと思うよ？」

「端から見れば、美男美女よね」

「ば、馬鹿を言わないで下さい……！　クリスはラニと同じ歳で、まだ15歳なんです。ですからまだそういう事は――」

「でもイングリスちゃんは大人っぽいし、十分綺麗だと思うでしょ、ラファエルも？」

「それはまあ――その……何と言うか――」

「も～何をそんな事で赤くなってんのよ、ラファエルってば……それじゃどっちが15歳か分かんないよ？　イングリスちゃんにオトナの魅力を教えてあげなきゃなのに――」

「あまりのんびりしていると、誰かに先を越されるんじゃないかしら？」

「年齢よりも、当人同士のお気持ちが大切ですよ。自らのお気持ちを大切になさって下さい。ただでさえあなたは、この国と人々のために自らを捧げている――支えというものは必要でしょう」

「セオドア特使まで……！　しかし僕は……」

そこに、周辺警戒にあたっていた騎士達が、急いで外から戻って来た。

「ラファエル様！　大変です――！」

「あ、はい！　どうしました⁉」

ラファエルはこれ幸いと、そちらに向かう。

「逃げたな――」

「逃げたわね――」

　しかしそんなリップルとエリスの表情も、すぐに厳しく引き締(し)められることになる。

「ええっ!?　氷漬けの虹の王(プリズマー)の周囲に、大量の魔石獣が!?」

「はい、どんどん生まれています！　どういたしましょう……!?　ご指示を――！」

「分かりました！　討伐(とうばつ)部隊を編成しましょう。すぐに僕も向かいます……！　ウェイン王子にも伝令を！」

　リップルの帰還で和(なご)やかだった船内が、途端(とたん)に慌ただしくなる。

「……急いで帰って来て良かったよ。早速忙(さっそくいそが)しくなりそうだね――」

「今まで留守にしていた分、働いてもらうわよ？」

「うん任せて！　やっぱりここがボクの居場所だし、それを守るためにも――ね」

「え、何？　何か言った？」

「何でもない！　さぁ行こ！」

　エリスとリップルは、急いで機甲鳥(フライギア)へと乗り込んだ。

あとがき

まずは本書をお手に取って頂き、誠にありがとうございます。

英雄王、武を極めるため転生すの第四巻となります。楽しんで頂けましたら幸いです。

まだまだ色々大変ですが、皆様いかがお過ごしですか？

僕も本業の方で結構苦労しています。

仕事は客先常駐がメインのＳＥをやっているのですが、今まで十数年お世話になっていた客先がこの状況で部門閉鎖になってしまい、他所に行く事になり——

当然、新しい所に行けば新しい事を沢山覚える必要がありますので、中々大変というか疲れるというか。行き場があるだけ全然いいんですけれど。

小説の執筆ペース等落ちてきたら、そういう事ですので悪しからず。。

生きて行くのって大変ですね。

そんな時に子供の顔を見ていると癒される自分がいます。

最近は毎日『スマ〇ラ』を一緒にやるのですが、たまに二人チームでオンライン対戦に挑んでみると全然勝てないんですが、皆強過ぎませんか？

ド○キーコングに掴まれて外に連れて行かれて何も出来ないんですが。。

勝率10％も無いんじゃ？　って感じです。

どのくらい練習したらあの域に達するのか……皆すごいなあと。

いずれあんな風に機敏な機動を出来るようになりたいですが、そうなるのが早いのか、娘が飽きて『パパ、今日もゲーム！』って言わなくなるのが早いのか。

お風呂とゲームは毎日付き合わないと怒られるので、それも執筆ペースに。。

ともあれ次巻も書く許可は頂いていますので、頑張りたいと思います。

それでは最後に担当編集N様、イラスト担当頂いておりますNagu様、並びに関係各位の皆さま、多大なるご尽力をありがとうございます。今回も素晴らしいクリスでした！

また、くろむら基人様によるコミカライズ版も1巻発売中です。

発売されてすぐ重版も決まり、こちらとしてもとても嬉しく、ありがたいです。

一歩引いて客観的に見ると、それも納得のクオリティだなという気もしています。

凄い方にコミカライズして頂いてありがたやありがたや、です。

まだご覧になっていない方は、是非コミカライズ版もよろしくどうぞ！

それでは、この辺でお別れさせて頂きます。

次巻予告

北国アルカードからの刺客による国王陛下暗殺計画を未然に
防ぐことが出来たイングリスたち。

アルカードとの全面戦争が間近に迫る中
諸悪の根源である虹の王を討伐すべく
イングリスたちは国境を越え
アルカードへの潜入作戦を開始する!

当然、イングリスとしても
虹の王との戦闘は臨むところ!

さらにアルカードに提供されたという
天上人の技術にも興味津々で——!!

「どんな強い敵と戦えて
どんな美味しいものが
食べられるのかな?

北には
夢が詰まってるよね」

HJ文庫

英雄王、
武を極めるため転生す
そして、世界最強の見習い騎士♀
5
Eiyu-oh,
Bu wo Kiwameru tame
Tensei su.
Soshite, Sekai Saikyou no
Minarai Kisi "♀".
2021年春、発売予定!!!!

HJ文庫 http://www.hobbyjapan.co.jp/hjbunko/
905

英雄王、武を極めるため転生す
～そして、世界最強の見習い騎士♀～ 4

2020年11月1日　初版発行

著者――ハヤケン

発行者―松下大介
発行所―株式会社ホビージャパン
〒151-0053
東京都渋谷区代々木2-15-8
電話　03(5304)7604（編集）
　　　03(5304)9112（営業）

印刷所――大日本印刷株式会社

装丁――BELL'S GRAPHICS／株式会社エストール

Printed in Japan

ISBN978-4-7986-2344-3　C0193

ファンレター、作品のご感想
お待ちしております

〒151-0053　東京都渋谷区代々木2-15-8
(株)ホビージャパン HJ文庫編集部 気付
ハヤケン 先生／ Nagu 先生

常勝魔王のやりなおし1 ～俺はまだ一割も本気を出していないんだが～

著者／アカバコウヨウ
イラスト／アジシオ

小説家になろう発、最強魔王の転生無双譚！

最強と呼ばれた魔王ジークが女勇者ミアに倒されてから五百年後、勇者の末裔は傲慢の限りを尽くしていた。底辺冒険者のアルはそんな勇者に騙され呪いの剣を手にしてしまう。しかしその剣はアルに魔王ジークの全ての力と記憶を取り戻させるものだった。魔王ジークの転生者として、アルは腐った勇者を一掃する旅に出る。

追放された落ちこぼれ、辺境で生き抜いてSランク対魔師に成り上がる1

著者／御子柴奈々
イラスト／岩本ゼロゴ

追放された劣等生の少年が異端の力で成り上がる!!

仲間に裏切られ、魔族だけが住む「黄昏の地」へ追放された少年ユリア。その地で必死に生き抜いたユリアは異端の力を身に着け、最強の対魔師に成長して人間界に戻る。いきなりSランク対魔師に抜擢されたユリアは全ての敵を打ち倒す。「小説家になろう」発、学園無双ファンタジー！

時給12億円のニート参上！使っても無くならない財布を拾ったけど、お金の使い方が分かりません1

著者／天野優志
イラスト／黒獅子

めくるめく人生大逆転の「現金無双」ストーリー！

貧乏ニート青年・悠斗（はると）は、ある日、渋谷で奇妙な財布を拾う。なんとそれは、1時間で12億円もの現金がタダで取り出せる「チート財布」だった！　キャバクラ豪遊に超高級マンション購入、美女たちとの恋愛……悠人は次第に人の縁を広げ、己と周囲の夢を次々とかなえていく！